ISBN 978-3-649-60370-2

© 2011 Coppenrath Verlag GmbH & Co. KG, Münster
© an den Texten bei Hans Kruppa 2011

Grafische Gestaltung von Manuela Altrichter
Alle Rechte vorbehalten, auch auszugsweise

Printed in China
www.coppenrath.de

Hans Kruppa

Jeder Tag ist dein Tag

Weisheitsgeschichten vom Leben und Lieben

Mit Illustrationen von
Anne Mussenbrock

Coppenrath

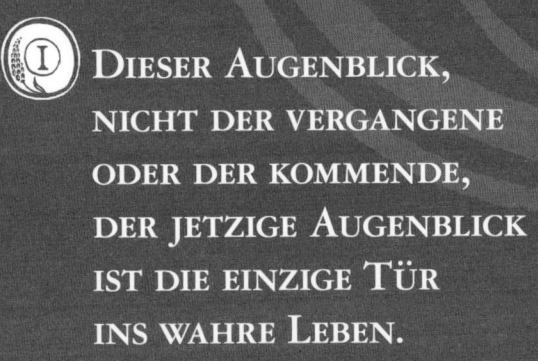

I DIESER AUGENBLICK,
NICHT DER VERGANGENE
ODER DER KOMMENDE,
DER JETZIGE AUGENBLICK
IST DIE EINZIGE TÜR
INS WAHRE LEBEN.

IN DEN TIEFEN DES AUGENBLICKS

Ein Suchender fragte den Meister: „Wo finde ich das wahre Leben?"

„In den Tiefen des Augenblicks", war die Antwort. „Jeder Augenblick, selbst der düsterste, hat eine Geheimtür, die ans Licht führt. Du findest sie nur, wenn du an sie glaubst. Du öffnest sie nur, wenn du an dich glaubst. Du gehst nur durch sie hindurch, wenn du an das Leben glaubst. Umarme die Gegenwart! Geh ins Herz des Augenblicks! Und das Morgen wird zum Heute, das Irgendwo und Irgendwann zum Hier und Jetzt, das Wissen zur Weisheit."

DIE REISE IST DAS ZIEL

Eine Frau besuchte einen Weisen und stellte ihm die Frage: „Ist es wichtig, sich ein Ziel in seinem Leben zu setzen und es geradlinig zu verfolgen, oder ist die Reise das eigentliche Ziel?" Der Weise lächelte. „Welchen Sinn hat es, mit starr nach vorn gerichtetem Blick durch die Landschaften des Lebens zu gehen, immer ein Ziel vor Augen, das es auf kürzestem Weg zu erreichen gilt, und dabei Blumen zu zertreten, ohne es zu merken? Wenn du das Leben wirklich erkennen willst, schaue immer wieder nach links und rechts, nach oben und nach unten. Bleibe auch öfter stehen, um einen schönen Augenblick oder Anblick mit allen Sinnen zu genießen. Laß dich von deinen Eingebungen und Stimmungen führen und achte nicht auf die Geradlinigkeit deiner Schritte. Versuche einfach, deinen Weg dem Fluß des Lebens anzupassen. Solange du dir selbst nahe bleibst, wirst du dich nicht verirren. Verliere nie die Verbindung zu deinem inneren Licht, das den dunkelsten Stunden ihren Schrecken nimmt."

DIE LETZTEN HUNDERT SCHRITTE

Ein junger Mann kam zu einem Meister der Weisheit, verbeugte sich und sagte: „Bitte lehre mich, ins Herz der Dinge zu schauen und die unsterblichen Wahrheiten zu erkennen."

„Kannst du dich an die letzten hundert Schritte erinnern, die du gemacht hast, bevor du an dem Punkt auf der Terrasse angelangt bist, wo du jetzt stehst?"

Der junge Mann überlegte eine Weile und sagte dann: „Ja, ich kann mich gut erinnern. Ich ging durch das Eingangstor, dann durch den Vorgarten, dann acht Stufen hoch zu der Terrasse und noch etwa zehn Schritte, bis ich hier vor dir stand, wo ich jetzt stehe."

„Dann gehe diesen Weg jetzt mit geschlossenen Augen rückwärts. Wenn du ohne zu stolpern, ohne zu straucheln und ohne zu fallen das Eingangstor erreichst, dann werde ich dir deinen Wunsch erfüllen."

„Darf ich dich fragen, warum du mir diese Prüfung auferlegst?"

„Weil ihr Ergebnis mir zeigen wird, wie es um deine Bewußtheit und Aufmerksamkeit steht. Wenn du dich nicht an die letzten hundert Schritte deines Lebens genau erinnern kannst, wirst du die nächsten hunderttausend Schritte deines Lebens ohne meine Hilfe gehen müssen."

Mehr ist es nicht

„Warum bist du immer so heiter?" fragte ein Besucher den
Meister, der die Siebzig schon überschritten hatte. „Eigentlich
müßtest du traurig darüber sein, daß du nicht mehr so jung
bist. Daß du den besten Teil deines Lebens schon hinter dir
hast."

Der Meister lächelte. „Der beste Teil meines Lebens ist immer
der, in dem ich mich gerade befinde."

„Viele wissen das und sind trotzdem betrübt", erwiderte der
Besucher. „Was ist das Geheimnis deines Glücks?"

„Daß ich keinen guten Augenblick vor der Tür stehen, sondern
in meine Seele eintreten lasse. Meine Tür steht dem Leben
immer offen. Wahrscheinlich ist es das, was mich in deinen
Augen als glücklich erscheinen läßt."

„Mehr ist es nicht, als einfach den guten Augenblick zu empfangen?"

„Mehr ist es nicht."

„Das klingt so einfach", stellte der Besucher fest.

„Ist es aber nicht", erklärte der Meister. „Denn die Gedanken
sind flatterhaft, schwirren ständig in der Vergangenheit oder
Zukunft herum. Und schon schließt sich die Tür zum Augenblick, weil man unwillkürlich seinen Gedanken folgt. Ich habe
gelernt, sie flattern zu lassen, ohne ihnen hinterher zu schauen.
Das ist alles."

ZWEI GUTE FREUNDE

„Welchen Sinn hat das Leben?" fragte ein Bildhauer seinen besten Freund, einen Komponisten.

„Den Sinn, den du ihm gibst", erwiderte der Komponist.

„Seit Wochen, nein, seit Monaten gebe ich ihm anscheinend keinen besonders guten mehr. Deshalb fühle ich mich wohl auch so leer, so matt und lustlos."

Der Komponist dachte über diese Worte nach und fragte sich, wann er seinen Freund zum letzten Mal glücklich gesehen hatte. Das war vor einigen Jahren gewesen, beim gemeinsamen Drachensteigenlassen.

Er legte ihm die Hand auf die Schulter und sagte: „Komm, wir fahren raus und lassen wieder mal unsere Drachen steigen! Glücklicherweise weht heute ein kräftiger Wind."

Der Bildhauer fühlte sich durch diesen Vorschlag angenehm berührt und mußte unwillkürlich lächeln.

„Siehst du", sagte der Komponist, „innerlich hast du schon damit angefangen, deinen

Drachen steigen zu lassen." Und er ergänzte: „Viele Menschen, die eine schwere Krankheit überstanden haben, kommen zu der Einsicht, wie kostbar, wie schön und wertvoll das Leben ist. Du brauchst nicht krank zu werden, um diese Einsicht zu gewinnen."

„Stimmt", erwiderte der Bildhauer, „weil ich einen guten Freund habe, der mich immer rechtzeitig daran erinnert."

„Du hast zwei gute Freunde, die dich daran erinnern können", sagte der Komponist. „Mich – und dich selbst!"

GELEBTES VERHALTEN

Zu Beginn des neuen Schuljahres kam ein junger Lehrer an die Schule. Er war sehr aufgeschlossen, herzlich und brachte seine Gitarre in die Klassenzimmer mit, um für die Schüler und mit ihnen zu spielen und zu singen.

Schon nach wenigen Wochen war er bei allen Schülern sehr beliebt. Aber den anderen Lehrern war er nicht ganz geheuer. Einer seiner Kollegen, ein älterer Naturwissenschaftler, der es gut mit dem neuen Lehrer meinte, warnte ihn vor dem Neid und der Mißgunst des Lehrkörpers.

„Wer sich bei seinem Unterricht von seinem Herzen und seiner Zuneigung zu den jungen Menschen leiten läßt", sagte der junge Lehrer, „wird zwangsläufig Neid bei denen erzeugen, die den Schülern nur Wissen und Bildung vermitteln wollen, aber nicht das, was im Leben zählt."

„Und was zählt im Leben?" fragte der ältere Lehrer.

„Vertrauen und Zuversicht, Liebe und Hilfsbereitschaft. Nicht als Ideen oder Ideale, sondern als gelebtes Verhalten."

Ein paar Wochen später kam eine verzweifelte Schülerin im Pausenhof zu dem neuen Lehrer gelaufen, zu dem sie großes Vertrauen gewonnen hatte, und schüttete ihm weinend ihr Herz aus. Ihr Freund hatte mit ihr soeben auf grobe Weise Schluß gemacht. Verzweifelt gestand sie dem Lehrer, daß sie keinen Sinn mehr in ihrem Leben sah.

Er spürte, daß dieses schluchzende und völlig aufgelöste Mädchen an einem tiefen seelischen Abgrund stand. Und daß es nur eine Möglichkeit gab, sie von dort wegzuführen.

Er nahm sie in die Arme, obwohl er wußte, daß die Augen vieler Schüler auf dem Schulhof und wohl auch die Augen mancher Lehrer auf ihn und das Mädchen gerichtet waren. Ihre Tränen flossen auf seine Schulter. Er nahm ihre Traurigkeit in sich auf, als sei dies das Selbstverständlichste der Welt, und schenkte ihr seine seelische Heiterkeit. Er ignorierte das Signal, das die Schüler zur nächsten Unterrichtsstunde ins Schulgebäude zurückrief. Es gab Wichtigeres, als dem gewöhnlichen Ablauf des Schulalltags zu folgen.

Nach etwa einer Viertelstunde auf dem inzwischen menschenleeren Schulhof war es ihm gelungen, dem Mädchen so viel Kraft und Zuversicht zu schenken, daß die akute Gefahr überstanden war.

Das Kündigungsschreiben der Schulleitung erreichte ihn an demselben Tag, an dem es ihm dank seiner täglichen seelischen Unterstützung der Schülerin gelungen war, ihr so viel neuen Lebensmut zu geben, daß sie den Gedanken an Selbstmord ein für allemal aufgab.

DIE WAHRHEIT DER LÜGE

Als die Lüge und die Wahrheit sich begegneten, fragte die Lüge: „Warum bist du so traurig?"

„Ich bin traurig", erklärte die Wahrheit, „weil die Menschen mich nicht mögen, Angst vor mir haben und vor mir flüchten. Und dabei brauchen sie mich doch so sehr! Und warum bist du so gut gelaunt?"

„Ich bin gut gelaunt", sagte die Lüge, „weil die Menschen mich nicht nur brauchen, sondern mich auch mögen und lieben und täglich in ihr Leben lassen."

„Kein Wunder, daß die Welt so furchtbar ist!" stellte die Wahrheit mit bitterem Tonfall fest. „Sie wäre besser, wenn es dich nicht gäbe!"

„Oh", sagte die Lüge beleidigt. „Gönnst du mir meine Existenz nicht? Vergiß nicht, ich bin sehr nützlich. Ich erspare den Menschen die Begegnung mit dir, die sie oft nicht ertragen. Denn was hast du ihnen schon zu bieten?"

„Mich selbst", sagte die Wahrheit.

„Das genügt den Menschen nicht. Du sagst

ihnen, daß sie nur geboren werden, um irgendwann zu sterben. Daß nichts bleibt, wie es ist. Daß sie krank und alt werden. Daß sie ihre Freunde verlieren und daß ihre Liebesgeschichten scheitern. Sie brauchen Hoffnungen, sie brauchen Illusionen. Und die gebe ich ihnen!"

Die Wahrheit dachte eine Weile nach. Schließlich sagte sie: „Vielleicht machst du den Menschen das Leben oft leichter. Und deshalb mögen sie dich. Weil sie im allgemeinen das Leben als schwer empfinden. Doch früher oder später müssen sie mir ins Gesicht sehen. Warum tun sie das nicht gleich, wenn sie es ohnehin irgendwann tun müssen?"

„Weil die Menschen gerne das Unangenehme vor sich hinschieben und sich erst dann damit auseinandersetzen, wenn es gar nicht mehr anders geht. So sind sie nun mal!"

„Ja", gab die Wahrheit der Lüge recht, „da sagst du mal ausnahmsweise die Wahrheit."

ES IST NIE ZU SPÄT

Eine junge Frau kam zum Meister mit der Frage: „Wie kann ich mein zukünftiges Leben möglichst sinnvoll gestalten?" „Entfalte deine Begabungen und Tugenden und vermindere deine Mängel und Schwächen", empfahl ihr der Meister. „Werde von Jahr zu Jahr ein immer besserer Mensch, und du wirst immer besseren Menschen begegnen. Gib mehr Gutes, und du wirst mehr Gutes empfangen. Schenke mehr Freude, und du wirst mehr Freude erleben. Sie ist eine Kraft, die sich vermehrt, wenn man sie verschwendet. Das Leben ist kurz, auch wenn es dir noch nicht bewußt sein mag. Und wieviel kostbare Zeit und Kraft gehen verloren durch die Anhäufung hohler Gespräche, überflüssigen Wissens, sinnloser Kämpfe und vergeblicher Mühe! Doch es ist nie zu spät, sich der Kostbarkeit seiner verbleibenden Lebenszeit bewußt zu werden, sie sinnvoller, reichhaltiger zu gestalten und mit guten Gesprächen, schönen Empfindungen und wertvollen Begegnungen zu füllen. Je mehr Raum du dem Lebenswerten in dir gibst, desto weniger Macht haben die Kräfte, die dich verführen, deine Zeit zu vergeuden."

ZU SPÄT

Ein Mann kam mit trauriger Miene zum Meister und beschwerte sich über die Unzuverlässigkeit seines besten Freundes, der ihn allzu oft auf die nächste Begegnung warten ließ und dann auch noch gern zu spät kam.

„Dann antworte darauf mit Zuverlässigkeit, mit Wahrhaftigkeit. Und laß ihn niemals warten", riet der Meister.

„Das kann ich nicht mehr", gestand der Mann.

„Dann akzeptiere ihn so, wie er ist!"

„Das kann ich auch nicht mehr!"

„Dann trenne dich von ihm."

„Das ist geschehen. Doch jetzt habe ich große Sehnsucht nach ihm."

„Dann sprich dich mit ihm aus."

„Auch das kann ich nicht mehr."

„Warum nicht?" fragte der Meister.

„Er ist gestern gestorben", sagte der Mann und begann zu weinen.

DIE KUNST DES ALTERNS

„Worin besteht die Kunst des Alterns?" wurde der Meister von einem Mann gefragt, der am Ende seiner mittleren Jahre stand.

„Sie beginnt bereits in der Jugend", sagte der Meister. „Man muß als junger Mensch all jene Erlebnisse auskosten, die man im Alter nicht mehr auskosten kann. Hast du das getan?"

„Ich würde sagen, das habe ich."

„Du kannst also auf deine jüngeren Jahre zurückblicken und dir sagen, daß du dein Leben intensiv gelebt hast? Daß du seine größten Chancen genutzt, seine wichtigsten Zeichen erkannt und befolgt hast? Daß du das Jetzt nie für das Irgendwann geopfert hast – also nicht für die Zukunft, sondern vor allem für die Gegenwart gelebt hast?"

„Ja", antwortete der Besucher, „ich habe so oft wie möglich für die Gegenwart gelebt."

„Daran hast du gut getan", sagte der Meister. „Denn nur im Hier und Jetzt liegt das Glück. Wenn dich der Rückblick auf dein Leben zufrieden stimmt, wird dir der Vorausblick auf das Alter leichtfallen. Und du wirst versuchen, auch dieser Lebensphase das Bestmögliche abzugewinnen. Wenn du deinen Körper nicht vernachlässigst und deinen Geist frisch, interessiert und biegsam hältst; wenn du dein Herz empfänglich, weit und jederzeit dafür bereit hältst, sich Erlebenswertem zu öffnen; wenn du deiner Seele erlaubst, die Früchte zu pflücken und zu genießen, die du durch deine Lebenserfahrung gewonnen hast: Dann wird auch dein Alter ein guter Lebensabschnitt sein."

II WENN DU DAS GLÜCK
IN DEINEM LEBEN HALTEN WILLST,
ZEIGE IHM JEDEN TAG,
WIE SEHR DU ES LIEBST.

JEDER TAG IST GUT

Ein weiser Mann wurde von einem Glückssucher gefragt: „Wie fühlst du dich heute?"

„Gut", sagte der Weise. „Ich fühle mich jeden Tag gut."

„Aber nicht jeder Tag ist gut", erwiderte der Besucher.

„Doch", widersprach der Weise, „jeder Tag ist gut. Auch wenn er schlecht ist. Ich mache ihn gut."

„Wie soll das gehen?"

„Indem ich dem schlechten Tag nicht erlaube, mir ein schlechtes Gefühl zu geben. Und immer wenn mir das gelingt, und es gelingt mir fast immer, spüre ich einen Triumph, eine Freude darüber, daß ich das in mir aufrecht erhalten habe, was immer da ist und was immer gut ist: die angeborene Heiterkeit meiner Seele. Wie schlecht der Tag auch sein mag."

Der Suchende bedankte sich für diese hilfreichen Worte, in denen er eine Weisheit erahnte, die er sich zu eigen machen würde.

Zwei Antworten auf dieselbe Frage

Am Ufer eines Teichs saß ein Frosch und quakte vergnügt vor sich hin.

Da landete ein Vogel neben ihm. Der Frosch fragte ihn: „Was ist das für ein Gefühl, wenn man fliegen kann?"

„Ach, nichts Besonderes. Ich stoße mich vom Boden ab, bewege meine Flügel, komme gut voran und erreiche meine Ziele viel schneller als zu Fuß", antwortete der Vogel und flog davon.

Kurze Zeit darauf landete ein anderer Vogel neben dem Frosch. Auch diesen fragte er: „Was ist das für ein Gefühl, wenn man fliegen kann?"

„Oh, das ist einfach wunderbar! Ein berauschendes Gefühl der Freiheit! Eine unsterbliche Liebe zum Wind. Pures Glück! Es gibt nichts Schöneres! Fliegen ist für mich der Sinn des Lebens", schwärmte der Vogel und flog davon.

DAS GUTE FÜHRT INS BESSERE

Eine unglücklich wirkende Frau suchte den Meister auf und fragte ihn: „Kannst du mir sagen, warum ich immer wieder das bittere Gefühl habe, daß mein Leben mir nicht schenkt, was ich mir von Herzen wünsche, und daß alle Mühe, die ich mir gebe, um meine Sehnsüchte zu erfüllen, vergeblich ist?"

„Gib nicht auf!" ermutigte der Meister sie. „Übe dich in Geduld. Das Leben weiß, was du für deine Entwicklung brauchst, und es wird dir die nötige Hilfe geben. Vielleicht nicht so schnell, wie du dir wünschst, vielleicht auch in ganz anderer Weise, als du dir vorstellst. Aber solange du deine Hoffnung nicht aufgibst, wird das Leben dich nicht aufgeben."

„Ja – doch es ist schwer, die Hoffnung zu nähren, wenn man immer wieder enttäuscht wird", wandte die Besucherin ein.

„Ich weiß", stimmte der Meister ihr zu. „Aber begegne den Enttäuschungen mit der weisen Kraft der Gelassenheit. Gib nie den Mut auf! Suche das versteckte Gute in dem scheinbar Schlechten. Findest du es, wird es dich ins Bessere führen."

„Das klingt, als wäre es ganz einfach", sagte die Frau. „Aber wenn man tagtäglich mit Menschen zu tun hat, die einen nicht verstehen, die einem nicht zuhören und immer nur über sich selbst reden und an sich selbst denken, ist es sehr schwierig."

„Ich habe nicht behauptet, daß es einfach ist", erwiderte der Meister. „Menschen haben Fehler, der eine hat mehr, der andere weniger. Vollkommen ist niemand. Aber wir können uns gegenseitig helfen, weniger unvollkommen zu werden, indem wir anderen das schenken, was wir uns von ihnen wünschen. Wenn wir verstanden werden wollen, müssen wir versuchen zu verstehen. Suchen wir Geborgenheit, müssen wir Geborgenheit geben. Sehnen wir uns nach Nähe zu einem anderen Menschen, müssen wir uns ihm öffnen. Wollen wir, daß uns jemand gut zuhört, müssen wir bereit sein, seinen Worten und dem Ungesagten zwischen seinen Worten zu lauschen. Und wenn wir nicht nur an uns selbst denken und über uns selbst reden, werden wir auch Menschen anziehen, die Besseres zu tun haben, als uns zum Spiegel ihrer Selbstverliebtheit herabzuwürdigen. Nur wer Glück verschenken will, lernt glückliche Menschen kennen. Wer mit seinem Herzen geizt, wird engherzige, unglückliche Menschen treffen."

Die Frau nickte versonnen und ließ die Worte des Meisters tief in ihr Inneres sinken.

Die Hilfe des Medizinmanns

Ein Indianer wandte sich an den Medizinmann seines Stammes mit der Bitte um Hilfe. „Meine Frau und ich langweilen uns miteinander. Manchmal streiten wir uns wegen Kleinigkeiten. Unsere Liebe füreinander scheint erloschen zu sein. Kannst du uns helfen?"

„Ja, ich kann euch helfen", versprach der Medizinmann, ohne lange zu überlegen. „Aber es wird keine angenehme Art der Hilfe sein."

„Hauptsache, sie wirkt", sagte der Indianer erleichtert.

Der Medizinmann reichte ihm einen Lederbeutel mit getrockneten Pflanzen. „Füllt heute bei Sonnenuntergang den Boden einer Schale mit diesen Pflanzen, gießt heißes Wasser darüber, siebt nach einer Weile die Pflanzenteile aus und trinkt jeweils eine Hälfte des Aufgusses!"

Der Indianer und seine Frau befolgten die Anweisungen des Medizinmanns.

Bald darauf fielen sie in einen fieberartigen Zustand, in dem ihnen mal heiß, mal kalt wurde, in dem sie schwitzten und zugleich froren und alle Glieder ihnen wehtaten. Ihr Geist verdüsterte sich so sehr, daß sie zitterten und jammerten und von Angst erfüllt wurden, qualvoll sterben zu müssen. Und das Schlimmste war: Sie konnten weder schreien noch sich bewegen, um nach Hilfe zu rufen oder Hilfe zu holen.

Dieses furchtbare Fieber des Schreckens und der Lähmung ging erst am nächsten Morgen zurück.

Am Nachmittag fühlten sie sich wieder völlig gesund und guter Dinge.

„Das Gift, das du uns gegeben hast, hat uns die Augen geöffnet", sagte der Indianer zu dem Medizinmann. „Es hat uns gezeigt, wie blind wir gewesen sind, daß wir nicht dankbar darüber waren, einander zu haben, gesund zu sein und ohne Angst zu leben."

Der Indianer verneigte sich in Dankbarkeit und Hochachtung vor dem Medizinmann und ging fröhlich zu seiner Frau zurück.

DER GLÜCKLICHE SUCHT NICHT

Eine Frau in den mittleren Jahren fragte einen weisen Mann: „Warum ist das Glück wie ein Regenbogen, wie ein Sonnenuntergang, wie eine Sternschnuppe? Großartig, wunderbar, doch viel zu schnell vorbei. Warum kann es nicht so sein wie das Tageslicht, wie das Gras, wie die Bäume? Immer da, jeden Augenblick sichtbar, jeden Tag zu erleben."

„Aber das ist es doch", sagte der Weise und lächelte. „Das Glück ist wie dein eigener Atem. Es ist immer anwesend, immer zugänglich."

„Nein", widersprach die Besucherin energisch. „Es ist selten und vergänglich. Und es vergeht immer zu schnell. Ich habe einige Männer geliebt in meinem Leben. Jeder von ihnen hat mich auf seine Weise glücklich gemacht, doch nach einer Weile ging das Glück fort und hinterließ nur Leere und Traurigkeit. Und die Sehnsucht danach, es noch einmal zu erleben."

„Wir sprechen nicht von derselben Art von Glück", stellte der Weise fest. „Du sprichst vom befriedigten Verlangen, das uns durchaus glücklich machen kann. Doch diese Art von

Glück ist nur von kurzer Dauer. Es ist im Grunde nur gesättigtes Verlangen, das sich schon bald wieder auf die Suche nach neuen Zielen begibt."

„Ist Glück denn nicht immer gesättigtes Verlangen?" fragte die Frau.

„Nein. Wahres Glück ist die Befreiung vom Verlangen. Es sucht nicht, sondern hat gefunden. Es geht nicht auf Reisen, sondern bleibt, wo es ist. Es verlangt nicht, sondern ist zufrieden mit dem, was es hat", erklärte der Meister. „Wenn du das liebst, was du hast, bist du glücklich. Wenn du das liebst, was du haben willst, bist du solange unglücklich, bis du es hast. So machst du dich zum Sklaven deiner Begierden. Der Glückliche ist ein freier Mensch. Er findet das, was der Verlangende an anderen Orten und in der Zukunft sucht, im Hier und Jetzt. Das macht ihn unabhängig, macht ihn frei. Das macht ihn glücklich. Der Glückliche sucht nicht – weil er gefunden hat."

GLÜCK IST UNERMESSLICH

Die Eule veranstaltete einen Wettbewerb, an dem viele Tiere des Waldes teilnahmen.

Zehn konnten sich für das Finale qualifizieren: Fuchs, Eichhörnchen, Maulwurf, Wolf, Marder, Wildschwein, Igel, Adler, Schildkröte und Nachtigall.

„Willkommen zum Finale! Wie ihr wißt: Wir sind hier, um den Glücklichsten von euch zu ermitteln. Die einzige Regel lautet: Jeder Finalist hat zehn Sekunden Zeit, sein Glück so überzeugend wie möglich zu präsentieren."

„Ich bin glücklich, weil es mir immer wieder gelingt, den Jägern die Kugeln aus dem Gewehr zu stehlen", sagte der Fuchs.

„Ich bin glücklich, weil ich so große Vorräte habe, daß ich bis an mein Lebensende versorgt bin", fiepte das Eichhörnchen.

„Ich bin glücklich, weil ich immer den Kopf hoch halte, damit ich das Licht am Ende des Tunnels sehe", nuschelte der Maulwurf.

„Kann ein Maulwurf überhaupt sehen?" fragte der Fuchs.

„Das war symbolisch gemeint! Ich bitte um Ruhe!" mahnte die Eule.

„Ich bin glücklich, weil ich der Rudelführer bin. Meine Untergebenen gehorchen mir aufs Wort!" verkündete der Wolf.

„Ich bin glücklich, wenn ich Bremsschläuche zerbeiße. Das macht mir einen Riesenspaß!" grinste der Marder.

Das Wildschwein demonstrierte sein Glück ohne Worte und wälzte sich genüßlich grunzend im Schlamm.

„Ich bin glücklich, wenn ich mich einrolle, weil mir dann niemand etwas anhaben kann", brummte der Igel.

„Bis auf die Autos!" lachte der Fuchs.

„Ruhe!" rief die Eule mit strengem Gesicht.

„Ich bin glücklich, weil mir die Welt zu Füßen liegt, wenn ich in großer Höhe am Himmel segele", sagte der Adler und breitete seine beeindruckenden Flügel aus.

„Ich bin glücklich, weil ich immer Zeit habe", erklärte die Schildkröte.

Die Nachtigall verzauberte alle mit ihrem Gesang.

Nun hatten alle Teilnehmer des Wettbewerbs ihren Beitrag geleistet. Und die Eule zog sich eine Weile zur Beratung mit sich selbst zurück.

Dann war der große Augenblick gekommen. Und die Eule sagte: „Ich verkünde nun meine Entscheidung: Der Glücklichste ist …"

In diesem Augenblick flog ein Schmetterling an der Eule vorbei. Sie blickte ihm lächelnd nach.

„Der Glücklichste ist", sagte die Eule, „der Schmetterling!"

„Aber der hat sich doch gar nicht mit uns gemessen!" protestierte der Fuchs empört.

„Glück ist unermeßlich", sagte die Eule.

DAS SPIEL DER FLAMMEN

Zwei Pensionäre, die schon ihr Leben lang befreundet waren, saßen bei einem Glas Wein gemütlich am Kaminfeuer.

„Alles geht den Bach runter", sagte der eine mit betrübter Miene.

„Wie meinst du das?"

„Nicht nur der Körper läßt nach, auch die Gefühle werden schwächer. So wie ich zu körperlichen Anstrengungen, die ich als junger Mann leicht gemeistert habe, heute nicht mehr fähig bin, ist auch meine emotionale Kraft geschwunden. Große Gefühle sind etwas für junge Menschen, nicht mehr für uns alte."

„Was den Körper betrifft, stimme ich dir zu", erwiderte sein Freund. „Aber die Kraft des Herzens läßt nicht nach im Alter. Man kann als alter Mensch noch ebenso intensiv lieben wie als junger."

„Ach, du machst dir doch nur etwas vor, anstatt dem Kräfteschwund auf allen Ebenen ins Gesicht zu sehen", hielt ihm der andere entgegen.

„Aber manchmal ist es ja auch hilfreich, sich ein bißchen selbst zu belügen."

„Ich mache mir nichts vor", stellte sein Freund
fest. „Ich habe nur einen Trick, der sehr gut
funktioniert."

„Magst du ihn mir verraten?"

„Gern", sagte der andere und lachte. „Ich verlie-
be mich jeden Tag aufs neue."

„Ach komm! Das glaubst du doch selber nicht."

„Ins Leben", präzisierte der Freund. „Jeden
Morgen, wenn ich aufstehe, sage ich mir: Dieser
Tag ist einzigartig! Einen Tag wie heute habe ich
noch nie erlebt! Er ist neu und frisch. Er könnte
wunderschön sein. Und er wird um so schöner
sein, je offener ich auf ihn zugehe und je zärtli-
cher ich mit ihm umgehe."

Ein langes Schweigen entstand, in dem nur das
Knistern des Feuers im Kamin zu hören war.
Wie gebannt blickten die beiden alten Freun-
de in das Spiel der Flammen, das immer neue
Formen annahm, das sich in keiner einzigen
Regung wiederholte und mit immer neuen Be-
wegungen tanzte.

DAS LEBEN IST VOLLER GLÜCKSMOMENTE

Ein Mann kam zum Meister und fragte ihn: „Was ist der Sinn des Lebens?"

„Der Sinn des Lebens besteht darin, glücklich zu sein."

„Aber wie werde ich glücklich? An manchen Tagen bin ich traurig und deprimiert, und die Sonne des Glücks will nicht scheinen."

„Die Sonne des Glücks scheint immer", sagte der Meister. „Sie verbirgt sich nur öfter hinter den Wolken. Wenn du das einmal erkannt hast, kannst du sie auch hinter den Wolken sehen."

Der Mann dachte eine Weile nach. Dann stellte er fest: „Dazu gehört aber eine gewisse Phantasie."

Der Meister lachte. „Natürlich. Phantasie ist eine Voraussetzung des Glücks. Und die Fähigkeit, sich an den kleinen Dingen des Alltags zu erfreuen. Nichts für selbstverständlich zu halten. Und jeden Tag als eine Reise zu begreifen, auf der man Dinge entdecken kann, die Freude schenken."

Ohne daß es ihm bewußt war, begann der Besucher zu lächeln.

„Das Leben ist voller Glücksmomente", ergänzte der Meister. „Und die Sonne scheint immer. Wenn du das nie vergißt, dann vergißt dich das Glück auch nie!"

EIN GUTES LEBENSREZEPT

Zwei Wanderer kamen um die Mittagszeit in ein Dorf.
Auf dem Dorfplatz saß ein alter Mann zufrieden auf einer
Bank im Schatten einer Platane.
Da die beiden Wanderer vom Laufen müde waren und eine
kleine Pause gebrauchen konnten, setzten sie sich zu dem Alten
auf die Bank, der sie freundlich begrüßte.
„Das ist ja schön, daß ihr mir an meinem hundertsten Ge-
burtstag Gesellschaft leistet!" sagte er zu ihnen.
„So alt sind Sie schon!" wunderte sich der erste Wanderer.
„Das sieht man Ihnen gar nicht an!" ergänzte der zweite.
„Ich habe auch nach einem bestimmten Rezept gelebt, und ich
glaube, daß ich deshalb so alt geworden bin und nach wie vor
Freude an meinem Leben habe."
„Würden Sie uns dieses Rezept verraten?"
„Gerne! Ich bin jeden Tag aufs neue dankbar dafür, daß ich
lebe und gesund bin. Diese Dankbarkeit hat mich gesund
bleiben und so alt werden lassen, wie ich bin."

III UM GLÜCKLICH ZU SEIN,
MUSS MAN DAS GUTE
IM SCHLECHTEN SEHEN UND
DAS SCHLECHTE
IM GUTEN ÜBERSEHEN.

SOLANGE DU AN DAS LEBEN GLAUBST

„Warum sind so viele Menschen unglücklich?" fragte eine junge Frau den Meister.
„Das kann viele Gründe haben", entgegnete
er. „Einer der häufigsten liegt darin, daß sie
nicht so leben, wie sie leben sollten. Jeder
Mensch ist einzigartig und hat einen ein-
zigartigen Lebensweg. Doch wenn er diesen
Weg nicht geht, sondern aus Unsicherheit,
Angst oder Bequemlichkeit in die Fußstapfen
anderer tritt, wird er unglücklich. Unglück
ist oft nur ein anderes Wort für das Verfehlen des eigenen Lebenssinnes. Sei so, wie du
gemeint bist, laß dich nicht verbiegen, bleib
deiner Seele treu – und das Glück wird dein
Freund sein!"
„Woran erkennt man glückliche und unglückliche Menschen? Viele verbergen ihr
Unglück aus Scham, und manche verstecken
ihr Glück, um es vor Neid und Mißgunst zu
schützen", sagte die junge Frau.
„Man kann sie leicht voneinander unterschei-
den", antwortete der Meister. „Unglückliche
fordern, Glückliche schenken. Unglückliche

wollen besitzen, Glückliche möchten lieben. Unglückliche wollen bestimmen, Glückliche lassen dem Leben seinen Lauf. Unglückliche wollen Sicherheit, Glückliche suchen das Leben. Unglückliche laufen der Zeit hinterher, Glückliche gehen mit ihr Hand in Hand."

Die Besucherin nickte lächelnd. „Warum habe ich das Gefühl, daß das Leben selbst durch deinen Mund zu mir spricht?"

Der Meister zuckte mit den Achseln. „Ich weiß es nicht. Vielleicht, weil ich nie den Glauben an das Leben verloren habe, obwohl ich gute Gründe dafür gehabt hätte. Vielleicht, weil ich das Leben immer geliebt habe, trotz aller Schicksalsschläge, die ich hinnehmen mußte. Und wer muß sie nicht hinnehmen? Jeder Mensch wird vom Leben geschlagen, manchmal auch getreten, aber er darf nie vergessen, daß er auch vom Leben umarmt und geküßt wurde – oder noch werden kann. Solange du an das Leben glaubst, ist alles möglich."

DREI TÖCHTER

Ein Mann hatte drei Töchter.

Die erste war so klug, daß man es ihr sofort anmerkte. Sie gab den Menschen das Gefühl, daß sie bis auf den Grund ihrer Seele schaute und all ihre Fehler und Schwächen erkannte. Deshalb hatten die Menschen Angst vor ihr. Und sie hatte keine Freunde, weshalb sie oft unglücklich war.

Die zweite Tochter war nicht besonders klug, aber sie hatte ein großes Herz. Doch die wenigsten wußten das zu ehren und mißbrauchten ihre Großherzigkeit für egoistische Zwecke. Spannten sie vor ihren Karren, ließen sie für sich arbeiten, mißbrauchten sie als seelischen Mülleimer. Aber sie respektierten sie nicht als ernstzunehmende Freundin, weshalb auch sie oft sehr unglücklich war.

Der Verstand und das Herz der dritten Tochter waren gleichermaßen gut ausgebildet. Sie war nicht so klug wie die erste und nicht so großherzig wie die zweite, aber ihre Intelligenz und ihr Großmut hielten sich gegenseitig im Gleichgewicht. Sie war hilfsbereit, ließ sich aber nicht ausnutzen. Sie sah, was in den Menschen geschah, aber gab ihnen nicht das Gefühl, bis auf den Grund ihrer Seele zu schauen. Deshalb hatte sie einige gute Freunde und war meistens glücklich.

VIELES BRAUCHT SEIN GEGENTEIL

Ein junges Mädchen fragte ihren Vater: „Warum gibt es die Traurigkeit?"

„Warum gibt es den Regen?" fragte er zurück. Seine Tochter überlegte eine Weile und sagte: „Damit die Pflanzen und Bäume genug Wasser bekommen. Aber was hat das mit der Traurigkeit zu tun?"

„Die Traurigkeit gibt es, damit die Pflanzen und die Bäume der Heiterkeit genug Wasser bekommen", war die Erwiderung.

Das Mädchen dachte wieder eine Weile nach, aber die Antwort ihres Vaters blieb ihr rätselhaft. „Wieso können wir nicht immer heiter sein? Warum brauchen die Bäume und Pflanzen der Heiterkeit das Wasser der Traurigkeit?"

„Weil vieles auf der Welt nicht ohne sein Gegenteil leben kann: der Tag nicht ohne die Nacht, die Wärme nicht ohne die Kälte, das Schöne nicht ohne das Häßliche."

Ein drittes Mal dachte das Mädchen eine Weile nach, und diesmal verstand sie, was ihr Vater ihr sagen wollte.

EINE KLUGE EHEFRAU

Ein reicher Mann heiratete eine junge schöne Frau, die ihn nur deshalb zum Ehemann nahm, weil er reich war.

Er aber wollte um seiner selbst willen geliebt und geheiratet werden und fragte seine Gattin: „Wenn ich nun ein armer Mann wäre, hättest du mich dann auch geheiratet? Bitte gib mir eine ehrliche Antwort!"

„Nein", sagte sie, „dann hätte ich dich nicht geheiratet. Denn dann hätte ich für unseren Lebensunterhalt arbeiten müssen."

„Dann hast du mich also nur deshalb geheiratet, weil ich viel Geld habe!"

„Nein", sagte die junge Frau, „auch weil ich dich liebe."

„Aber du sagtest doch eben, du hättest mich nicht geheiratet, wenn ich ein armer Mann wäre."

„Das hätte ich auch nicht. Auch wenn ich dich liebe."

Der Mann schwieg und konnte seine Kränkung nicht verbergen.

„Sei doch nicht verletzt", sagte seine Frau. „Schließlich bist du kein armer Mann, sondern der, der du bist. Wärst du arm, dann wärst du ein anderer Mensch. Und so gesehen kann es dir völlig einerlei sein, ob ich dich dann geheiratet hätte oder nicht."

Der Mann überlegte eine Weile und stellte fest, daß seine Frau recht hatte. Daß sie nicht nur jung und schön, sondern auch klug war. Und daß es deshalb eine gute Entscheidung gewesen war, sie zu heiraten.

Ein Grund zur Freude

Ein Mann in den mittleren Jahren kam
bedrückt und niedergeschlagen zum Meister
und klagte: „Ich habe leichtsinnig an der
Börse spekuliert und vier Fünftel meines
gesamten Vermögens verloren."
„Und warum ziehst du dann ein Gesicht wie
sieben Tage Regenwetter?" fragte der Meister.
„Warum freust du dich denn nicht darüber?"
Der Mann blickte den Meister fassungslos an.
„Warum zum Teufel sollte ich mich darüber
freuen?"
„Weil du nicht fünf Fünftel verloren hast",
sagte der Meister.

DIE VERZAUBERUNG

Eine unscheinbare junge Frau fand den Weg zu einer alten Frau, die abgeschieden lebte und von der gesagt wurde, daß sie über Zauberkräfte verfügte.

„Du bist meine letzte Hoffnung", sagte die Besucherin. „Ich würde so gern die Liebe erleben, aber ich bin unscheinbar wie ein Mauerblümchen. Die ansehnlichen Männer übersehen mich und behandeln mich so, als sei ich Luft."

„Und wie steht es mit den nicht so ansehnlichen Männern? Die genauso unscheinbar sind wie du?"

Die junge Frau errötete und mußte eingestehen, daß sie die unansehnlichen jungen Männer ignoriert hatte, wie die anziehenden jungen Männer sie.

„Achte nicht zu sehr auf die äußeren Vorzüge eines Mannes!" riet ihr die alte Frau. „Was nach außen hin glänzt, ist innen oft hohl und arm. Öffne die Augen für die innere Schönheit eines Mannes. Und du wirst die Liebe finden, nach der du dich sehnst!"

Die Besucherin küßte die Hand der alten Frau, bedankte sich für ihre Hilfe und wandte sich zum Gehen.

„Was wolltest du denn eigentlich wirklich von mir?" rief die Frau ihr nach, als ihre Besucherin schon in der Tür stand.

„Ich wollte dich bitten, mich in eine schöne Frau zu verzaubern. Doch du hast mich auf eine ganz andere Weise verzaubert."

INNERE UND ÄUSSERE SCHÖNHEIT

„Ich suche eine gute Frau", sagte ein Mann zum Meister, „mit der ich zusammen alt werden kann, auf die ich mich verlassen kann. Die mir treu ist. Es wäre nicht schlecht, wenn sie auch schön wäre."

Der Meister lachte. „Wenn deine menschlichen Qualitäten so groß sind wie deine Ansprüche an eine Frau, kannst du dich glücklich schätzen! Aber bedenke: Schöne Frauen haben die Eigenschaft, Männer anzuziehen wie Blüten die Bienen, sind aber oft keine treuen Seelen. Ein Mann, der die schönste Frau des Dorfes hat, der hat den unruhigsten Schlaf. Deshalb rate ich dir, die unsichtbare Schönheit einer Frau vorzuziehen. Die Schönheit, die nicht jeder Mann sieht. Für die man einen besonderen Blick braucht. Diese innerlich schönen Frauen sind den Männern treu, die sie lieben. Ihre Treue ist ein Teil ihrer Schönheit."

„Sind denn innerlich schöne Frauen nie äußerlich schön?"

„Sie sind immer auch äußerlich schön", sagte der Meister. „Denn ihre innere Schönheit strahlt durch ihre Augen, die der Spiegel ihrer Seele sind. Doch nur die wenigsten Männer erkennen die innere Schönheit einer Frau. Wenn du zu diesen wenigen Männern gehörst, waren meine Worte überflüssig. Wenn du nicht zu diesen wenigen Männern gehörst, waren meine Worte überflüssig."

DIE SCHWALBE UND DIE SCHILDKRÖTE

Eine Schwalbe beobachtete von einem Baumast, wie eine Schildkröte sich langsam vorwärts bewegte, und sie tat ihr leid. „Kannst du nicht schneller gehen?" fragte sie.

„Nein", erwiderte die Schildkröte, „aber ich bin ganz zufrieden mit meiner Gangart. In der Langsamkeit liegt viel Glück, in der Ruhe liegt viel Kraft. Ich habe alle Zeit der Welt. Warum sollte ich schneller gehen?"

„Weil Geschwindigkeit wunderbar ist", schwärmte die Schwalbe. „Wenn ich am Himmel segle und die verrücktesten Manöver fliege, dann spüre ich, daß ich lebe, dann bin ich glücklich. Wenn ich wie du so langsam am Boden herumkriechen müßte, hätte ich nichts von meinem Leben, ich wäre todunglücklich."

„Ich freue mich für dich", sagte die Schildkröte, „und ich habe dich und deinesgleichen schon oft bewundert, wenn ich euch am Himmel fliegen sah. Aber wie gesagt: Ich bin glücklich mit mir, so wie ich bin."

„Das verstehe ich beim besten Willen nicht", gestand die Schwalbe.

„Ich verstehe dein Glück", sagte die Schildkröte, „aber du verstehst meins nicht. Woran mag das liegen?"

Die Schwalbe dachte lange nach, doch sie fand keine Antwort. Das gefiel ihr nicht, und deshalb nahm sie sich vor, in Zukunft keine Gespräche mehr mit Schildkröten zu führen.

Durch Wut lernen

Ein Mädchen kam übermütig ins Zimmer des
Meisters hereingerannt und stieß sich mit dem
Ellenbogen schmerzhaft an einem Schrank.
„Blöder Schrank!" schrie das Mädchen wütend
und trat gegen das Möbelstück.
„Kinder!" sagte ein Besucher zum Meister.
„Nein. Menschen!" entgegnete der Meister.
„Wir suchen immer nach einem Schuldigen,
wenn etwas schiefgelaufen ist. Sogar noch,
wenn es offensichtlich ist, daß wir selbst die
Schuldigen sind. Schuld hat immer der oder
die oder das andere."
„Wie können wir dies vermeiden?"
„Durch Aufmerksamkeit, Bewußtheit und
Gelassenheit. Wenn wir uns an irgend etwas
wehtun, an einem Gegenstand, einem Vorgang
oder einem Menschen, sollten wir uns zualler-
erst fragen, ob es nicht unsere eigene Schuld
war. Und wenn Wut in uns aufkommt, sollten
wir ihre Kraft dazu nutzen, uns unseren Fehler
einzugestehen, aus ihm zu lernen und in Zukunft bewußter und wacher zu leben."

DIE SEHNSUCHT NACH DEM BESTEN

Ein Suchender fand nach langen Jahren unermüdlicher Suche einen Mann, von dem viele Menschen sagten, er sei ein Weiser. Er klopfte an seine Tür und bat um ein Gespräch.

Der Weise nickte lächelnd und bat ihn hinein.

Der Suchende setzte sich zu ihm und sah ihm in die Augen. Plötzlich schienen ihm alle Fragen unwichtig, die er hatte stellen wollen – doch dann lachte der Weise.

„Lachst du über mich?" fragte er verwirrt.

Der Weise lachte nur noch lauter. Und der Suchende wurde plötzlich unsicher, ob er wirklich an einen weisen Mann geraten war. So beschloß er, ihn mit einigen Fragen zu prüfen.

„Meinst du nicht auch, daß das Gute der schlimmste Feind des Besseren ist? Denn wir halten oft ängstlich am Guten und Bewährten fest und rauben uns damit die Kraft und den Mut, entschlossen das Bessere zu suchen."

Der Weise nickte.

„Und ist es nicht so, daß das Bessere wiederum der ärgste Feind des Besten ist – weil es uns so zufrieden macht, daß wir die Sehnsucht nach dem Besten, dem Vollkommenen verlieren?"

Der Weise nickte abermals.

„Ich habe immer das Beste gesucht", bekannte der Suchende, „seit dem Tag, als meine Suche begann. Ich fand viel Gutes in anderen Menschen, zwischen anderen und mir und auch in mir. Doch ich ließ es zurück, ging weiter und fand das Bessere. Ich wurde zufrieden und glaubte manchmal sogar, daß ich glücklich sei. Doch meine Sehnsucht nach dem Besten, dem Unübertrefflichen trieb mich schließlich weiter. Ich ließ traurige Herzen auf meinem Weg zurück – und mein eigenes Herz wurde selbst dabei traurig."

Und wieder nickte der Weise.

„Viele sagen, du seist ein weiser Mann. Wenn es so ist, sage mir, ob es das Beste, das Vollkommene gibt, ob es wirklich zu erlangen ist – oder eher dem Horizont gleicht, der immerzu vor dem Wanderer zurückweicht, der ihn erreichen will. Denn wenn das Beste nicht erreichbar ist, soll man sich dann nicht lieber mit dem Guten und Besseren zufriedengeben?"

Der Weise schüttelte den Kopf und antwortete: „Gib dich mit dem zufrieden, was dich zufrieden macht. Und werde glücklich mit dem, was dich glücklich macht. Doch gib die Hoffnung nicht auf, das Beste finden zu können. Es existiert, und wenn du es gefunden hast, weißt du es jenseits aller Zweifel. Denn das Vollkommene schenkt dir den klaren Blick ins Herz des Lebens. Solange du noch Sehnsucht nach dem Besten verspürst, wirst du es suchen müssen."

Der Suchende bedankte sich, verbeugte sich achtungsvoll zum Abschied und verließ den Weisen mit Licht im Herzen.

IV MANCHMAL WIRD
DIR ERST DANN BEWUSST,
DASS DU ETWAS VERMISST HAST,
WENN DIR JEMAND BEGEGNET,
DER ES DIR SCHENKT.

BESONDERE GESCHENKE

Ein armer junger Mann ging zu dem Haus einer reichen alten
Frau, klopfte an ihre Tür und bat sie um ein Almosen.
Die Reiche schenkte ihm eine große Goldmünze.
Als der Bettler seine Sprache wiedergefunden hatte, sagte er:
„Aber das ist doch kein Almosen! Von dieser Goldmünze kann
ich ein ganzes Jahr lang leben. Das ist ein sehr großes Geschenk,
das ich nicht verdient habe!"
„Deine Bescheidenheit gefällt mir", sagte die reiche Frau und
schenkte ihm zwei weitere große Goldmünzen, die er nach län-
gerem Zögern annahm, verblüfft von solcher Großzügigkeit.
„Nun kannst du drei Jahre lang von diesen Münzen leben,
mußt dir keine Sorgen mehr machen und kannst dein Leben
genießen. Ist das nicht schön?"
„Ja", sagte der junge Mann, „das ist sehr schön. Aber ich wüßte
noch etwas Schöneres, das du mir schenken könntest."
„Sag mir, was du dir noch wünschst!"
„Schenk mir die Großzügigkeit deines Herzens!" bat der Bettler.
Die alte Frau lächelte. „Dies ist ein wunderbarer Wunsch", sagte
sie, „aber den kann ich dir nicht erfüllen. Es gibt besondere
Geschenke, die ein Mensch sich nur selbst machen kann. Es
gibt besondere Wünsche, die sich ein Mensch nur selbst erfüllen
kann. Du hast nun drei Jahre Zeit, dir das Geschenk der Großherzigkeit selbst zu machen."

Warum geizig sein?

Ein Besucher sagte zum Meister: „Du
schenkst den Menschen deine Zeit."
„Warum sollte ich mit etwas geizen, von dem
ich viel habe?"
„Du könntest deine Zeit verkaufen. Viele
Menschen würden gut dafür bezahlen."
Der Meister lachte. „Wer meint, meine Zeit
sei Geld wert, kann mir Geld geben. Wer
meint, sie sei ein Gegengeschenk wert, kann
mir ein Gegengeschenk machen. Wer meine
Zeit geschenkt haben will, kann sie sich
schenken lassen. Mir ist alles recht."

DER ARME REICHE

Ein Geschäftsmann, der durch einen Schicksalsschlag bettelarm geworden war, bekam Besuch von einem Freund, der ihm helfen wollte.

„Ich kenne einen reichen Mann, der dir bestimmt Geld leihen wird, damit du erstmal aus der gröbsten Not herauskommst. Er schuldet mir noch einen Gefallen. Laß uns zu ihm gehen!"

Als die Freunde das prächtige Haus des Reichen betraten, überfiel den Geschäftsmann ein ungutes Gefühl. Und er blieb unschlüssig in der Empfangshalle stehen.

Doch sein Freund zog ihn am Arm in den parkähnlichen Garten, wo der Hausbesitzer inmitten von blühenden Rhododendren auf einem Sessel unter einem Sonnenschirm saß. Als der Blick des verarmten Händlers auf das Gesicht des Reichen fiel, bestätigte sich seine ungute Vorahnung. Denn dieser Mann saß in der Pracht seines Besitzes mit gerunzelter Stirn, gen Süden gesunkenen Mundwinkeln, mit stumpfem Blick und finsterem Gesicht –

wie jemand, der nicht die geringste Freude an
seinem Leben hat.

„Ich danke dir für dein Hilfsangebot, aber
ich möchte lieber darauf verzichten", sagte der
Händler zu seinem Freund. „Wie kann ich
Hilfe annehmen von einem Mann, der ärmer
ist, als ich es bin?"

„Indem du seine Hilfe annimmst, wirst du
ihm helfen, reicher zu werden", war die Antwort des Freundes.

Der Händler dachte eine Weile über den Rat
seines Freundes nach und befolgte ihn.

DIE SINGENDE KRÄHE

Eine reichlich aus der Art geschlagene Krähe sang für ihr Leben gern. Doch außer sich selbst machte sie niemanden damit glücklich.

„Wenn ich hier im Park singe, werfen die Menschen mit Steinen nach mir", klagte sie verzweifelt einer Amsel.

„Dann solltest du besser im Wald leben und dort singen", schlug die gutherzige Amsel vor.

„Da ist es noch gefährlicher! Im Wald schießen die Jäger auf mich, sobald ich den Schnabel öffne. Diese Barbaren! Neulich wäre ich fast getroffen worden! Das alles deprimiert mich zu Tode, denn Singen ist mein Leben! Aber vielleicht ist mein Gesang wirklich nicht so schön – und ich sollte lieber damit aufhören", seufzte die Krähe.

„Quatsch! Die Menschen sind noch nicht reif für deinen Gesang", zwitscherte die Amsel. „Du bist nur deiner Zeit voraus! Eine singende Krähe! Das darf es einfach nicht geben! Und was es nicht geben darf, das zerstören die Menschen gern. Du kennst sie ja!"

Die Krähe nickte nachdenklich. „Ja, du hast wohl recht. Aber was soll ich deiner Meinung nach tun?"

„Singe im Flug, hoch oben in den Lüften. So weit oben, daß kein Mensch auf der Erde dich hören kann!" war der Rat der Amsel. „Es wäre doch schade, wenn eine so große Künstlerin wie du von einem Stein oder einer Kugel getroffen würde!"

Die Krähe bedankte sich überschwenglich bei der Amsel und schwang sich erleichtert in die Lüfte empor, um dort zu singen, wo kein Mensch sie hören konnte.

Eine Drossel, die Zeugin des Gesprächs geworden war, sagte zu der Amsel: „Warum erzählst du ihr einen solchen Blödsinn? Du weißt doch ganz genau, daß ihr Gesang eine Katastrophe ist!"

„Aber nur in den Ohren der anderen. Sie selbst macht er glücklich. Und darauf kommt es doch an!"

„Trotzdem hast du sie ganz schön vergackeiert!" kicherte die Drossel.

„Ich habe mich nur darum bemüht, sie glücklich zu machen", stellte die Amsel fest.

„Wie edel von dir! Aber jetzt mal im Ernst: Warum liegt dir so viel an dem Glück dieser nervigen Krähe, die nicht mehr alle Eier im Nest hat?"

„Weil ich damit auch etwas für den Erhalt meines eigenen Glücks tue", antwortete die Amsel.

„Kannst du mir das näher erklären?" fragte die Drossel.

„Aber gern. Man muß glücklich sein, um andere glücklich zu machen. Und man muß andere glücklich machen, um glücklich zu bleiben", sagte die Amsel und schwang sich in die Lüfte.

BEIDSEITIGE DANKBARKEIT

Ein reicher Mann wurde von einem alten Bettler um eine milde Gabe gebeten.
Der Reiche tat so, als hätte er nichts gehört
und wollte an dem Bettler vorbeigehen, doch
der stellte sich ihm in den Weg.
„Laß mich auf der Stelle vorbei!" forderte der
Reiche.
„Erst wenn du mir eine Erklärung dafür gibst,
warum du mir ein Almosen verweigerst! Ich
sehe dir doch an, daß du ein reicher Mann bist,
zumindest an materiellen Gütern."
„Wenn ich allen Bettlern, die mich darum
bitten, ein Almosen geben würde, dann wäre
ich bald selbst so arm, daß ich um Almosen
betteln müßte."
„Das glaube ich nicht", widersprach der Bettler.
„So viele Menschen werden dich schon nicht
anbetteln, daß dein Vermögen darunter leidet."
Darauf wußte der Reiche keine Antwort.
„Ich war nicht immer ein Bettler", sagte der
Arme. „Doch als meine über alles geliebte Frau
gestorben war, geriet ich völlig aus der Bahn.
Ich konnte nicht mehr schlafen, nicht mehr ar-

beiten. Ich verlor meine Anstellung, ich verlor meine Freunde, ich verlor mein Interesse am Leben. Bis ich vor kurzem eine weise alte Frau traf, von der ich viel lernte und die mir neuen Lebensmut schenkte. Sie hat mir viel erzählt. Aber das Beste von allem beginne ich erst jetzt zu verstehen."

„Und was war das Beste von allem?" fragte der Reiche.

„Im Leben behält man nur das, was man verschenkt", sagte der Bettler.

Der Reiche ließ diese Worte eine Weile auf sich wirken. Dann zog er seinen Geldbeutel hervor und gab dem Bettler eine Geldsumme, die weit mehr als nur ein Almosen war.

Als der Bettler sich dafür bedankte, sagte der Reiche: „Danke mir nicht. Ich habe dir zu danken!"

GRENZENLOS SEIN

Ein junger Mann kam zum Meister, um ihm eine Frage zu stellen, die ihm schon länger auf dem Herzen lag. „Mich quält manchmal das Gefühl, einen bestimmten Menschen, den ich schon lange suche, noch nicht gefunden zu haben. Ich weiß, daß ich ihn an seiner Kostbarkeit erkennen werde. Doch wie erkenne ich seine Kostbarkeit?"

Der Meister erwiderte: „Du erkennst einen kostbaren Menschen daran, daß er sich ein reines Herz bewahrt und in allen Widrigkeiten und Enttäuschungen des Lebens nie sein inneres Kind im Stich gelassen hat. Er kann mit großen Augen staunen, sich begeistern, überschwenglich sein. Er kann das Leben feiern, lächelnd im Augenblick aufgehen und den beglückenden Zauber der Liebe ausstrahlen. Er kann noch Wunder erleben, denn er hat seine seelische Unschuld nicht verloren, weil er von Anfang an gespürt hat, daß er damit sich selbst verlieren würde."

„Wenn ich einem solchen Menschen wirklich begegne, würde ich es kaum glauben können und mich vielleicht in Zweifeln verlieren", wandte der Besucher ein.

„Zweifle nicht!" sagte der Meister. „Wenn du das Glück hast, einem wertvollen Menschen zu begegnen, schrecke ihn nicht dadurch von dir ab, daß du eine Grenze zwischen ihm und dir ziehst, in welcher Hinsicht auch immer. Denn wer möchte schon eine Landschaft erkunden, wo ihn gleich bei den ersten Schritten ein Zaun darauf hinweist, daß er es mit jemandem zu tun hat, der Angst vor einer offenen Begegnung hat? Sei mutig, sei grenzenlos, wenn dir der Mensch begegnet, den deine Seele sucht."

Ein respektierter Lehrer

Ein älterer Biologielehrer hatte die Angewohnheit, für Ruhe im Klassenzimmer zu sorgen, indem er folgendes sagte, und zwar mit ganz ruhiger Stimme: „Wer jetzt noch weiter quatscht, den knalle ich mit der linken Hand an die Wand! Und da bleibt er hängen, bis die Putzfrauen ihn abkratzen!"

Diese derb formulierte Drohung, die in seltsamem Kontrast zu seinem sonstigen Tonfall stand und gar nicht zu seinem leisen, gütigen Wesen zu passen schien, verfehlte niemals ihre Wirkung.

Nicht, weil die Schüler Angst vor dem Lehrer hatten. Sondern, weil sie es ihm hoch anrechneten, daß er seine feine Art ab und zu aufgab, um sie in einer Sprache zu ermahnen, die sie unmittelbar verstanden.

Es war für sie so, als würde ein reicher Mann mit teuren Wildlederschuhen durch eine schlammige Pfütze gehen, um mit einem Freund auf der anderen Straßenseite zu sprechen.

Darin erkannten die Schüler eine Zuneigung zu ihnen, die sie immer aufs neue berührte und ihnen Respekt abverlangte.

EINE NICHT GESUCHTE FREUNDSCHAFT

Ein älterer und ein jüngerer Mann begegneten sich in einem Wald und grüßten einander.

„Warum bist du hier?" fragte der jüngere.

„Nun – weil ich den Wald liebe. Und auch deshalb, weil ich hier keinem Menschen begegne. Normalerweise."

„Aus dem gleichen Grund bin ich auch hier", sagte der ältere und lächelte.

Ihre Blicke trafen sich. Plötzlich lachten beide laut auf, ohne daß sie hätten sagen können, warum. Dieses unvermittelte gemeinsame Lachen war der Beginn ihrer Freundschaft.

Jahre später sagte der jüngere: „Als ich damals in jenem Wald spazieren ging, hätte ich mit allem gerechnet – nur nicht damit, dort einen guten Freund zu finden."

„Mir ging es genauso. Ich glaube, gerade das war der Grund dafür, daß wir uns gefunden haben."

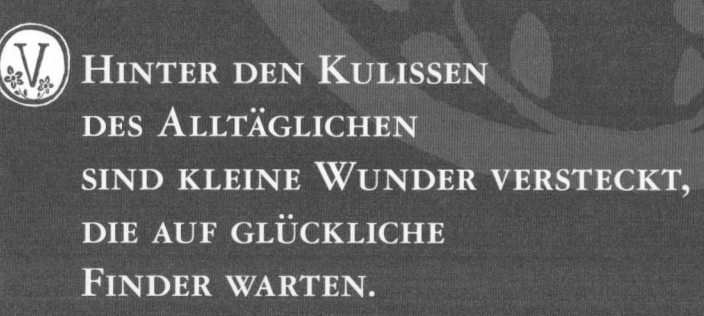

HINTER DEN KULISSEN
DES ALLTÄGLICHEN
SIND KLEINE WUNDER VERSTECKT,
DIE AUF GLÜCKLICHE
FINDER WARTEN.

DAS INNERE KIND

„Manchmal habe ich das Leben so satt!"
klagte eine Frau ihrer besten Freundin. „Es
besteht nur aus Wiederholungen! Den ver-
dammten Wecker hören, aufstehen, duschen,
anziehen, zur Arbeit gehen, nach Hause zu-
rückkommen, Abendessen, Fernsehen – und
wieder ins Bett gehen. Gut, nicht jeder Tag
ist so, aber die allermeisten. Manchmal hab
ich das Gefühl, daß ich gar nicht mehr ich
selbst bin. Daß ich nur noch wie ein Roboter
täglich aufs neue die gleichen Dinge tue, ohne
zu spüren, daß ich wirklich lebe."
„Ich weiß, was du meinst", erwiderte ihre
Freundin. „Es geht mir genauso. Ich habe
noch vor kurzem darüber nachgedacht, was
man machen kann, um sich gegen die Macht
der ewigen Wiederholungen zu wehren."
„Und – hast du etwas herausgefunden?"
„Ja. Man muß versuchen, das, was man zum
tausendsten Mal tut, so zu tun, als wäre es
das erste Mal."
Ihre Freundin hob abwehrend die Hände.
„Ja, man kann natürlich so tun. Aber letzt-

lich betrügt man sich doch nur selbst, weil man insgeheim genau weiß, daß man es zum tausendsten Mal tut."

„Nein!" erntete sie Widerspruch. „Wenn man sich mit Haut und Haaren und mit offenen Sinnen in die Situation hineinbegibt, dann ist da etwas, das stärker ist als die Routine."

„Und was ist das?"

„Ich weiß nicht, wie ich es benennen soll", gestand die Freundin und zuckte mit den Schultern.

„Versuche es!"

„Das innere Kind! Ja, man muß sein inneres Kind ans Ruder lassen", erwiderte sie nach längerem Nachdenken. „Man muß den Augenblick mit den Augen des Kindes betrachten, das man einmal war, aber das man auch wieder sein kann, wenn man sich ganz und gar auf die Gegenwart einläßt. Es gelingt mir nicht immer. Aber wenn es mir gelingt, fühle ich mich glücklich."

EINE BRÜCKE BAUEN

Der Meister fragte einen Schüler, wie er den Tag verbracht hatte. „So wie jeden anderen auch", war die Antwort.

„Das ist unmöglich", sagte der Meister. „Wie es keine zwei Menschen auf der Welt gibt, die sich in allem gleichen, gibt es keinen Tag, der einem anderen gleicht. Alles, was die Natur uns gibt, ist einzigartig."

Beschämt von diesen Worten senkte der Schüler den Kopf.

„Und wie wirst du den heutigen Tag verbringen?" fragte der Meister.

„Im Bewußtsein seiner Einmaligkeit und mit wachen Sinnen für seine versteckten Schönheiten und Überraschungen", war die Antwort des Schülers.

„Das hast du gut gesagt", erwiderte der Meister. „Nun mußt du es aber auch gut tun. Denn die Kluft zwischen dem Vorsatz und dem Satz über die Kluft ist oft recht groß. Man muß ein guter Springer sein, um den Abgrund zu überwinden. Oder sich eine Brücke bauen."

„Aus welchem Material baut man eine solche Brücke?" wollte der Schüler wissen.

„Aus Geistesgegenwärtigkeit und Geduld, aus Mut und Heiterkeit", war die Antwort des Meisters.

DER VERLETZTE SCHWAN

Eine herzensgute Bäuerin brachte eines Tages einen Schwan nach Hause, der sich das Gefieder verletzt hatte, und setzte ihn zu den Hühnern und dem Hahn in den Hühnerhof, um ihn so lange zu pflegen und zu füttern, bis er wieder in die Freiheit davonfliegen konnte.

„Was für ein seltsames Geschöpf", gackerten die Hühner. „Völlig weiß, mit einem viel zu langen Hals und viel zu großen Füßen! Was mag die Bäuerin nur an dieser Kreatur finden?"

Die Hühner und der Hahn ignorierten den Schwan, redeten kein Wort mit ihm und taten so, als sei er Luft. Doch die Bäuerin fütterte ihn täglich und sagte liebe Worte zu ihm.

Als am nächsten Sonntag ein Huhn geschlachtet wurde, das die Bauersleute essen wollten, konnten die Hühner nicht verstehen, warum der Bauer nicht den Schwan geschlachtet hatte.

„Das ist einfach zu erklären", sagte der Hahn. „Genauso übel, wie dieses Viech aussieht, wird es auch schmecken."

Wenige Tage später hatte der Schwan seine Verletzung auskuriert und flog davon, zur Erleichterung des ganzen Hühnerhofs. Nur ein junges Huhn sah ihm nach und rief: „Schaut doch mal, wie schön und wie hoch er fliegen kann!"

Doch die anderen Hühner wollten das gar nicht sehen.

Geschenk und Gegengeschenk

Es gab einmal ein Buch, das nie in einem Verlag erschienen war. Von diesem Buch, einem sechzigseitigen Weisheitsmärchen, hatte der Autor nur neunundneunzig Exemplare herstellen lassen, als Privatdruck.

Weil dieses Weisheitsmärchen von seltener Tiefe und Schönheit war, hatten sich mehrere Verlage darum bemüht, vom Autor die Veröffentlichungsrechte zu erwerben, um es in einer hohen Auflage auf den Markt zu bringen. Doch der Autor hatte sich diesem Anliegen versagt, aus Gründen, über die man nur spekulieren konnte.

Dieses Buch war nun das Lieblingsbuch eines Architekten. Er hütete es wie seinen Augapfel. Dutzende Male hatte er es schon gelesen und immer wieder etwas Neues, Überraschendes, Wunderbares darin entdeckt. Stets lag es griffbereit in seiner Nähe, und wenn er verreiste, nahm er es mit.

Auf einer seiner Reisen wurde ihm sein Koffer gestohlen, in dem er das Märchen aufbewahrt hatte. Er war untröstlich und verzweifelt, weil

er wußte, daß es so gut wie unmöglich sein
würde, ein weiteres Exemplar dieses Buches
zu erwerben. Denn die wenigen Menschen,
die es besaßen, verkauften es nicht, oder
wenn überhaupt, dann nur zu einem schwin-
delerregend hohen Preis.

Der Verlust seines geliebten Buches legte sich
wie ein Schatten auf sein Gemüt, und eines
Tages vertraute er seine tiefe Traurigkeit darüber seinem besten Freund an, der sich insgeheim vornahm, eins der seltenen Exemplare
des gestohlenen Buches aufzutreiben, denn er
konnte die Traurigkeit des Architekten nicht
mit ansehen.

Seine beharrlichen Bemühungen waren nach
einem Jahr von Erfolg gekrönt, und so konnte
er ein gut erhaltenes Exemplar des Weisheits-
märchens seinem Freund zu dessen Geburtstag schenken, womit er eine unbeschreibliche
Freude und ein großes Glück bewirkte.

Als der Beschenkte seine Sprache wiedergefunden hatte, dankte er seinem Freund
aus ganzem Herzen und sagte zu ihm: „Du

hast sicherlich ein Vermögen für dieses Buch ausgegeben."

„Ach", erwiderte dieser, „du weißt, daß es mir nicht an Geld mangelt. Aber es hat mich sehr viel Zeit und Mühe gekostet, einen verkaufswilligen Besitzer dieses Buches zu finden. Denn alle Eigentümer horten ihr Exemplar wie einen Schatz."

„Du hättest nicht so viel Zeit für mich opfern und so viele Mühen auf dich nehmen dürfen, nur damit ich mein Buch wiederbekomme", sagte der Architekt.

„Das Strahlen deiner Augen, das Lächeln in deinem Gesicht und die Freude in deinem Herzen sind für mich mehr als nur eine Belohnung", sagte der Freund zu dem Geburtstagskind. „Sie sind ein ebenbürtiges Gegengeschenk, das du mir machst. Und dafür danke ich dir."

Und wieder war der Beschenkte sprachlos.

DER BESTE AUFSATZ

Als die Klassenlehrerin nach dem Abendessen die Aufsätze ihrer Klasse zum Thema „Was ist für mich im Leben wichtig?" durchgesehen und benotet hatte, überraschte sie der Aufsatz ihres Lieblingsschülers, den sie sich bis zum Schluß aufgehoben hatte, durch seine Kürze.

Er hatte nämlich nur geschrieben: „Es ist für mich wichtig, ein guter Schüler zu sein. Aber noch wichtiger ist es für mich, daß meine Lehrerin mich gern hat. Egal ob ich ein guter oder schlechter Schüler bin. Daß sie mich gern hat, weil ich so bin, wie ich bin."

Die Lehrerin war gerührt von diesen Sätzen, konnte dem Schüler aber keine gute Note geben, weil der Aufsatz dafür einfach zu kurz war. Sie schrieb die folgenden Worte darunter:

„Auch wenn ich dir wegen der Kürze deines Aufsatzes nur ein ausreichend geben kann, so ist er mir dennoch der liebste von allen."

LIEBE IST EINE MAGISCHE KRAFT

Eine junge Frau kam zum Meister und fragte ihn: „Kannst du mir bitte erklären, was die Seele ist?"

„Die Seele des Menschen", antwortete der Meister, „ist ein Garten, in dem viele Arten von Blumen wachsen wollen und wachsen müssen, damit das Leben nicht eintönig und beengt wird. Wenn du deine Seele ernst nimmst, wirst du dich bemühen, sie in allen wesentlichen Bereichen zur Entfaltung, zur Blüte zu bringen. Denn wahrer Reichtum liegt in der Vielfalt."

Die Besucherin nickte. „Und was sind die wesentlichen Bereiche des Lebens?"

„Laß mich fünf der wichtigsten nennen: Liebe, Freundschaft, Freude, Vertrauen und Weisheit."

„Du hast die Liebe zuerst genannt", sagte die junge Frau. „Zweimal glaubte ich, sie gefunden zu haben, doch dann verlor ich sie, ohne zu wissen, ob es wirkliche Liebe gewesen war. Kannst du mir sagen, was Liebe ist?"

„Sie ist eine magische Kraft, die dich zu einem neuen, reicheren und besseren Menschen macht. Sie befreit dich aus dem Alltag und hebt dich ins Wunderbare, wo Traum und Wirklichkeit zu einem höheren Sinn verschmelzen, dessen Zauber dich mit unsagbarer Glückseligkeit erfüllt. Wer die Liebe nicht anbetet, hat noch nicht gelebt. Darum laß alles liegen und stehen und eile zur Tür, wenn sie anklopft."

„Und worin", fragte die junge Frau, „liegt der Unterschied zwischen Liebe und Freundschaft?"

Der Meister lächelte sanft und sagte: „Was ist Liebe wert, wenn sie nicht auch Freundschaft ist? Und was ist Freundschaft wert, wenn sie nicht auch Liebe ist? Freundschaft ist eine Form der Liebe und Liebe eine Form der Freundschaft. Liebende, die sich nicht wie Freunde behandeln, spielen mit ihrer Liebe. Und Freunde, die sich lieblos behandeln, setzen ihre Freundschaft aufs Spiel. Dabei gibt es nichts Wertvolleres zwischen uns als Liebe und Freundschaft."

DREI MÜTTER UND IHRE SÖHNE

Drei Mütter saßen an einem Tisch eines Straßencafés und tranken Tee, während ihre drei Söhne an einem anderen Tisch saßen und Eis aßen.

„Mein Sohn ist der Intelligenteste in seiner Klasse", sagte die erste Mutter. „Er hat den besten Zensurendurchschnitt. Ich bin sehr stolz auf ihn! Er wird sicher einmal ein großer und bekannter Wissenschaftler!"

„Mein Sohn ist mit Abstand der Beste im Sport", sagte die zweite Mutter. „Am allerbesten spielt er Tennis. Er schlägt schon jetzt Gegner, die doppelt so alt sind wie er. Später einmal wird er ein berühmter Tennisprofi und sehr viel Geld verdienen!"

Die dritte Mutter sagte nichts.

Als die erste sie fragte, warum sie nichts über ihren Sohn erzähle, antwortete sie: „Nun ja, was soll ich über ihn sagen? Er tut sich durch nichts hervor."

Die anderen beiden Mütter lächelten, und in ihrem Lächeln lag eine gewisse Überheblichkeit.

Ein gebrechlicher alter Mann mit einem Gehstock ging langsam und mühselig an dem Straßencafé vorbei, stolperte plötzlich über eine unebene Steinplatte des Gehwegs und fiel der Länge nach auf den Rasen eines Vorgartens.

Bevor irgend jemand der Besucher des Straßencafés darauf reagierte, eilte der Junge, über den seine Mutter gesagt hatte, er würde sich durch nichts hervortun, auf den alten Mann zu und half ihm wieder auf die Beine.

„Ach ja", sagte seine Mutter und lächelte nun ihrerseits, aber ohne Überheblichkeit. „Das hätte ich über ihn sagen sollen: Er hat das Herz am rechten Fleck!"

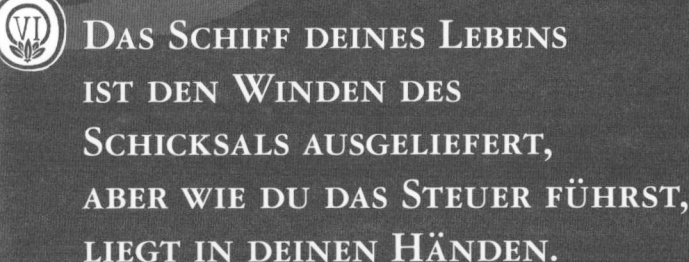

DAS SCHIFF DEINES LEBENS
IST DEN WINDEN DES
SCHICKSALS AUSGELIEFERT,
ABER WIE DU DAS STEUER FÜHRST,
LIEGT IN DEINEN HÄNDEN.

SCHACH UND LEBEN

Ein Arzt und ein Lehrer in den mittleren Jahren hatten einige Gemeinsamkeiten. Sie waren Nachbarn, Freunde, mochten kein hohles Gerede, lasen gern gute Romane und spielten jeden Mittwochabend Schach.

„Spielen wir eigentlich miteinander oder gegeneinander?" fragte der Arzt unvermittelt während einer Partie.

„Beides. Wir spielen miteinander, um gegeneinander spielen zu können", antwortete der Lehrer.

„Ja, so ist es wohl. Neulich habe ich irgendwo gelesen, das Schachspiel sei wie das Leben", sagte der Arzt und machte einen schlechten Zug.

„Inwiefern?" fragte der Lehrer und bewegte einen Springer.

„Nun ja, man versucht, besser als der andere zu taktieren, um zu gewinnen. So ist es im Leben doch auch", erklärte der Arzt und machte erneut einen schlechten Zug.

„Wenn Schach wie das Leben ist: Wer ist dann der Gegner?" wollte der Lehrer wissen.

„Jeder Mensch, der gegen uns arbeitet", antwortete sein Freund. „Jeder Vorgang, der uns Schaden bringt oder für Ärger sorgt. Sogar das Schicksal, wenn es uns Steine in den Weg legt oder Schläge versetzt. Doch unser größter und gefährlichster Gegner sind wir selbst."

„Damit hast du völlig recht", sagte der Lehrer nach einer Weile und bewegte seine Dame. „Weil du philosophiert hast, anstatt dich auf das Spiel zu konzentrieren, werde ich dich in drei Zügen schachmatt setzen. Aber im Grunde hast du dich selbst geschlagen."

BESUCHE DER HOFFNUNG

„Wie stehst du zu der Menschenwelt?" wurde der Meister von einem Suchenden gefragt.

„Ich bin mit ihr nicht einverstanden."

„Warum?"

„Wie könnte ich einverstanden sein mit einer Welt, in der so viel Gewalt tobt, Lügen und Betrug allgegenwärtig sind und Macht und Geld regieren. Die Menschenwelt ist in einem miserablen Zustand. Sie war es schon immer. Und sie wird es wohl solange sein, bis sie endet."

„Wann und wie wird sie enden?"

„Ich bin kein Hellseher. Deshalb kann ich nicht sagen, wann sie endet. Aber auf deine zweite Frage kann ich antworten. Ich fürchte, sie wird sich mit der Zeit selbst zerstören."

„Gibt es keine Hoffnung?"

„Natürlich gibt es Hoffnung", erwiderte der Meister. „Im Herzen vieler Menschen. Manchmal auch in meinem eigenen. Doch sie besucht mich leider immer nur kurz."

DIE ERKENNTNIS KOMMT ZU DIR

„Wie kann ich mein Mitgefühl entfalten und wachsen lassen?"
fragte ein Suchender den Meister.

„Du kannst es nicht ausbilden wie einen Muskel. Du kannst
es nicht lernen wie eine Sprache. Der Weg dorthin führt über
die Erkenntnis der verborgenen Einheit allen Lebens. Ist dir
diese Erkenntnis in Fleisch und Blut übergegangen, kannst du
keinem anderen Wesen mehr schaden, weil du es so empfin-
dest, als würdest du dir selbst schaden. Hast du diesen Punkt
erreicht, siehst du dein Mitgefühl nicht als besondere Fähigkeit
an, sondern als natürliche Konsequenz einer grundlegenden
Erkenntnis."

„Und wie komme ich zu dieser Erkenntnis?"

Der Meister lächelte. „Die Erkenntnis kommt zu dir, wenn du
dich ihrer als würdig erwiesen hast. Keinen Augenblick früher.
Wenn du für sie bereit bist."

„Wie kann ich mich für sie bereit machen?" fragte der Schüler.

„Versuche in jedem Geschöpf, das dir begegnet, ein Element
eines millionengesichtigen, grenzenlosen Wesens zu erkennen,
in dem jeder Teil von allen anderen abhängig ist, um leben zu
können – wie in einem gigantischen Organismus. Die Erkenntnis, daß es wirklich so ist, kommt zu dir, wenn du soweit
bist, sie in ihrer ganzen Größe und Tiefe zu verstehen."

WENN DU MEINST

„Das Leben ist sinnlos", sagte ein Besucher zu
dem Meister.

„Wenn du meinst."

„Wenn es mir mal gutgeht, passiert garantiert
etwas, wodurch es mir wieder schlechtgeht.
Wenn ich dringend etwas Glück gebrauchen
könnte, habe ich bestimmt wieder mal Pech.
Und wenn ich mir vom Leben wünsche, daß
es mich mal ein bißchen, nur ein kleines bißchen verwöhnt, ist es besonders hart zu mir."

„Wenn du meinst."

„Und so geht es wohl allen Menschen, nicht
nur mir. Zumindest all denen, mit denen ich
in letzter Zeit gesprochen habe. Der eine ist
chronisch krank, der andere hat Liebeskum-
mer, der dritte hat Geldsorgen, der vierte hat
Ärger mit dem Nachbarn, der fünfte wird auf
seinem Arbeitsplatz schikaniert, der sechste
kann sein Haus nicht mehr abbezahlen, der
siebte wird von seiner Frau betrogen, der
achte hat Depressionen. Und so weiter. Ist das
nicht furchtbar? Das Leben ist eine einzige
Zumutung!"

„Wenn du meinst."

„Mehr hast du mir nicht zu sagen?" fragte der Mann empört. „Ich habe eine Tagesreise auf mich genommen, um mit dir zu sprechen, weil du als der weiseste Mann weit und breit giltst. Und nun wiederholst du wie ein Papagei ständig die gleichen Worte. Wenn du meinst, wenn du meinst, wenn du meinst. Ist das die Essenz deiner vielgerühmten Weisheit?"

„Wenn du meinst."

Verärgert sprang der Mann auf und ging zur Tür. Nachdem er sie geöffnet hatte, drehte er sich um und sagte mit unverhohlener Wut: „Und ich hatte mir erhofft, etwas von dir zu lernen!"

„Wie soll das möglich sein?" erwiderte der Meister. „Du weißt doch schon alles!"

DER GESUCHTE BRIEF

Ein junger Soldat hatte die zwanghafte Gewohnheit, jeden Brief zu lesen, den er in die Hände bekommen konnte, um ihn danach mit enttäuschtem Gesicht und hängenden Schultern auf den Boden fallen zu lassen. Er suchte überall nach Briefen, auch in den Spinden und Rucksäcken seiner Kameraden, was ihm so manche Schwierigkeiten und Beschwerden einbrachte.

Da dieser Soldat zu allem Überfluß niemals ein einziges Wort sprach, ließ sein Kommandant ihn schließlich in eine psychiatrische Klinik einweisen, wo seine geistige Gesundheit überprüft werden sollte.

Auch in dieser Klinik hielt er an seinem seltsamen Verhalten fest und durchsuchte die Kleidung, Koffer und Nachttische der anderen Patienten nach Briefen. Die er hoffnungsvoll las und dann mit bitterer Enttäuschung zu Boden fallen ließ. Keine Schublade, keine Schranktür in der ganzen Klinik ließ er ungeöffnet, um Briefe zu suchen und zu lesen, deren Inhalt ihn aber immer aufs neue traurig machte.

Schließlich wurde dieses Verhalten dem
Chefarzt zu bunt. Um den allzu neugierigen
Soldaten loszuwerden, der überall nur für Ärger
sorgte, attestierte er ihm eine unheilbare Geisteskrankheit, der er den Namen „Brieflesewahn
in Verbindung mit Redeverweigerung" gab.
Bald darauf erhielt der schweigsame Soldat
einen Brief von der Heeresleitung, in dem
ihm mitgeteilt wurde, daß er aufgrund seiner
Geisteskrankheit als dienstuntauglich erklärt
und mit sofortiger Wirkung aus der Armee
entlassen werde.
Als er den Brief gelesen hatte, küßte er ihn,
begann vor Freude zu tanzen und rief immer
wieder: „Da ist er endlich! Da ist er endlich!"

DAS LEBEN HAT IMMER RECHT

Eine junge Frau sagte zu dem Meister: „Meine Freundin behauptet, das Leben sei sinnlos. Ich behaupte, es hat Sinn. Wer von uns beiden hat recht?"

„Keiner von euch. Das Leben hat immer recht. Nur ein Mensch, der sich mit ganzer Seele dem Leben hingibt, hat auch immer recht. Denn das Leben spricht durch seinen Mund."

„Wie geben wir uns denn dem Leben hin?"

„Indem wir ihm volles Vertrauen schenken. Auch wenn es Wege geht, die uns nicht gefallen. Auch wenn es Dinge mit uns anstellt, die wir gar nicht mögen. Das Leben hat immer recht. Und es ist weise, sich seinem Willen zu fügen und nicht dagegen anzugehen. Denn wer gegen das Leben kämpft, verliert nicht nur den Kampf, sondern auch den Zugang zu sich selbst."

„Kann ein Mensch denn den Zugang zu sich selbst verlieren?"

„Oh ja", sagte der Meister. „Sehr viele Menschen haben das gekonnt und wissen nun nicht mehr, wer sie sind. Und tun Dinge, die sie niemals tun würden, wenn sie den Kontakt zu sich selbst nicht verloren hätten. Also streitet euch nicht, du und deine Freundin, länger darüber, ob das Leben Sinn hat oder nicht. Es hat so viel oder so wenig Sinn, wie jeder Mensch ihm gibt oder nimmt. Je mehr wir uns dem Leben hingeben, desto sinnvoller, desto lebenswerter ist es."

EIN LOHNENSWERTER ENTZUG

Eine Frau kam zum Meister und fragte ihn: „Warum gibt es auf der Welt so wenig echten Frieden?"
„Auf diese Frage gibt es Hunderte von Antworten!"
„Dann gib mir die beste!"
„Es gibt Dutzende von besten Antworten."
„Dann gib mir eine davon!"
„Die Rachsucht", sagte der Meister. „Die allermeisten Menschen sind Opfer dieser Sucht. Wenn ihnen etwas angetan wurde, das sie für ungerecht oder böse halten, wollen sie sich dafür rächen. Ihre Rache wiederum erscheint denen, die sie erleiden, auch wieder als ungerecht und böse – und zieht eine neue Rache nach sich, die wiederum ebenfalls als überzogen empfunden wird und nach neuer Gegenrache schreit. So entsteht ein Teufelskreis des Kampfes, Unfriedens und Krieges, in dem die Menschen gefangen sind."
„Was kann ich dagegen tun?" fragte die Frau.
„Entziehe dich deiner eigenen Rachsucht", empfahl ihr der Meister. „Du wirst sehen, es ist ein schwieriger Entzug, aber ich gebe dir mein Wort: Er lohnt sich!"

EINE ANGEMESSENE LEKTION

Ein junger Mann, der sehr aufgeregt wirkte, klopfte an die Tür des Meisters und wurde von ihm empfangen.

„Ich bitte um deine Hilfe", sagte er. „Mein vermeintlich bester Freund hat mich schmählich im Stich gelassen, als ich ihn dringend brauchte. Ich fühle mich so, als sei mir der Boden unter den Füßen weggezogen worden. Als würde ich fallen, immer tiefer fallen. Das ist ein schreckliches Gefühl. Was soll ich nur tun?"

„Einen wirklichen Freund können wir nicht verlieren. Er ist uns so sicher wie das eigene Wesen. Du hast dich in diesem Mann getäuscht, das ist alles."

„Mehr kannst du mir nicht sagen?"

„Doch. Freue dich über deine Enttäuschung! Auch wenn sie ein furchtbares Gefühl in dir erweckt hat."

Der Besucher wirkte verständnislos. „Kannst du mir bitte erklären, warum ich mich darüber freuen soll?"

„Weil eine Enttäuschung immer das Ende einer Täuschung ist, ein Schritt in die Klarheit, ein Triumph der Wahrheit."

„Das mag ja stimmen", gestand der junge Mann ein. „Aber das gibt mir nicht den Boden zurück, den ich unter meinen Füßen verloren habe."

„Der Boden, auf dem du zu stehen glaubtest, war nur eine Illusion. Der Boden, auf dem du landen wirst, wenn dein Fall der Enttäuschung beendet ist, ist ein echter Boden. Einer, auf den du dich verlassen kannst."

„Ich werde nie wieder einem Menschen mein Vertrauen schenken", murmelte der junge Mann bitter.

Der Meister schüttelte mißbilligend den Kopf. „Über das Ziel hinauszuschießen ist genauso schlimm, wie es nicht zu erreichen. Geh nach Hause, beerdige deine Illusion, leiste die notwendige Trauerarbeit und lerne angemessen aus deiner Erfahrung."

„Was heißt in diesem Fall angemessen?" fragte der Enttäuschte.

„Einen Freund aufzugeben, der keiner war, ist eine angemessene Lektion. Unangemessen wäre es, den Glauben an die Freundschaft aufzugeben. Und einem Menschen, der in der Zukunft ein wirklicher Freund werden könnte, aus Verbitterung nicht mehr die Möglichkeit dazu zu geben."

VII.

Skepsis und Zweifel
machen jeden Weg
lang und schwer.
Vertrauen in
die eigene Kraft
kann Flügel verleihen.

Mehr Offenheit wagen

„Sei wie die Sonne!" rief der Meister einer Suchenden. „Gib den Menschen Licht und Wärme, schenke ihnen Vertrauen und Liebe. Sei dein eigenes Licht! Und versuche, dein Licht in das Leben anderer Menschen zu bringen. Gib ihnen das, was du gern von ihnen empfangen möchtest."

Die Frau runzelte die Stirn. „Ich möchte ja vertrauen und lieben, aber ich bin schon so bitter enttäuscht worden, daß ich nicht weiß, ob ich mich noch einmal wirklich öffnen kann."

„Wir alle sind gebrannte Kinder", räumte der Meister ein. „Wir alle wurden schon enttäuscht und verletzt. Viele werden deshalb ängstlich und verschließen sich. Doch das ist falsch, denn dem Verängstigten und Verschlossenen begegnet nichts mehr, was ihm helfen kann. Sein Herz ist umzäunt, seine Seele eingemauert. Er läuft Gefahr, innerlich abzusterben. Deshalb kommt es darauf an, offen und lebendig zu bleiben und die Hoffnung nicht zu verlieren. Sei immer darauf gefaßt, einem Menschen zu begegnen, der dir so viel Gutes

gibt, daß er dich damit für all deine Enttäuschungen entschädigt."

„Aber es ist schwer zu hoffen, wenn Zweifel
und Ängste die Seele verdunkeln", wandte die
Suchende ein.

„Ja, es ist schwer, aber nicht unmöglich.
Siehst du nicht die versteckte Sehnsucht in
den Augen der Menschen, ihren Hunger nach
Liebe, nach Freundschaft, nach Zärtlichkeit
und Nähe? Diesen Hunger teilen wir alle
miteinander. Doch die Nahrung, die ihn stillen könnte, enthalten wir uns vor. Denn wir
fürchten, verletzt zu werden, wenn wir uns
füreinander öffnen, um uns zu geben, was wir
so dringend brauchen. Doch wenn unser Leben reicher und schöner werden soll, müssen
wir unsere Zweifel und Ängste überwinden
und mehr Offenheit wagen."

Das Faultier und die Ameise

Ein Faultier fragte eine Ameise: „Warum
genießt du dein Leben nicht? Von morgens
bis abends schuftest du und gönnst dir keine
Minute Ruhe!"

„Aber so leben wir alle in unserem Ameisen-
staat. Um zu arbeiten, nicht um zu ruhen."

„Jetzt vergiß doch mal deinen blöden Ameisen-
staat", brummte das Faultier lässig, „und denk
mal an dich."

„Das kann ich nicht", gestand die Ameise.
„Meine Aufgabe ist es, von früh bis spät der
Königin zu dienen."

„Quatsch", sagte das Faultier, „ein Lebewesen
ist doch wohl mehr als nur ein Rädchen in
einem Getriebe. Und das Leben ist weit mehr
als pausenlose Arbeit. So kann man doch nicht
glücklich sein!"

„Ich bin aber glücklich", erwiderte die Ameise.
„Glücklich damit, ein Rädchen in einem Getriebe zu sein, wie du dich ausdrückst. So ist nun
mal das Leben einer Ameise!"

Das Faultier schüttelte völlig fassungslos den
Kopf und fragte entsetzt: „Wie kannst du nur

mit einem solchen elenden Sklavenleben glücklich sein?"

„Weil ich nur dieses Leben habe. Und weil ich das liebe, was ich habe, bin ich glücklich damit."

„Du machst dir was vor", behauptete das Faultier. „Man kann nicht glücklich sein, wenn man immer nur schuftet!"

„Ich bin aber glücklich", insistierte die Ameise mit trotzigem Tonfall.

Dem Faultier wurde das Gespräch zu anstrengend, und so trollte es sich ohne Abschiedsgruß mit der gebührenden Langsamkeit, um weiter in aller Ruhe zu faulenzen.

Bei sich selbst anfangen

Ein junger Mann kam mit hängendem Kopf zum Meister und klagte: „Viele Leute sind stolz darauf, ein Mensch zu sein. Ich bin es nicht."

„Warum nicht?" fragte der Meister.

„Weil so viele Menschen sich gegenseitig belügen, betrügen, verletzen und töten. Manchmal wünsche ich mir, ein Tier zu sein. Ein Hund. Eine Katze. Oder ein Vogel, dann könnte ich fliegen."

Der Meister lächelte. „Auch als Vogel hättest du Gründe, dich für gewisse Artgenossen zu schämen. Denk nur daran, was der Kuckuck macht. Er legt seine Eier in die Nester anderer Vögel, damit er keine Zeit und Kraft aufwenden muß, um seinen Nachwuchs auszubrüten und großzuziehen. Er betrügt andere Vögel. Und wenn seine Jungen aus dem Ei schlüpfen, stoßen sie die anderen Jungvögel aus dem Nest, damit die Kuckucksjungen alle Nahrung bekommen – von den Vögeln, die sich für ihre Eltern halten, weil sie den üblen Trick des Kuckucks nicht durchschauen. Der

Kuckuck ist ein Betrüger und seine Jungen
sind Kindermörder."
Der junge Mann blickte nachdenklich zu
Boden.
„Wünsch dir lieber, ein Baum zu sein",
empfahl ihm der Meister. „Bäume betrügen
einander nicht. Aber da du nun mal ein
Mensch bist, solltest du nicht deine Zeit und
Kraft damit verschwenden, deine Artgenossen
zu verurteilen. Bemühe dich lieber darum,
deine eigenen Fehler zu reduzieren. Oder hast
du noch nie einen anderen Menschen belogen
oder betrogen?"

Ein traumhaftes Versprechen

Ein atheistischer Philosophieprofessor, der seit einem halben
Jahr ein Verhältnis mit einer Studentin hatte, das er seiner Frau
erfolgreich verheimlichte, erlebte einen seltsamen Traum.

In diesem Traum begegnete er einem Mann, der ihn faszinierte,
weil sein ganzer Körper von einem flimmernden Licht umgeben
war. Er empfand ihm gegenüber auf Anhieb eine große Achtung,
ja Bewunderung.

Dieser faszinierende Fremde schien alles über ihn zu wissen,
denn er sprach ihn mit seinem Namen an und sagte zu ihm:

„Deinem Ego tut es gut, deine Geliebte zu genießen. Sie wirkt
wie ein Jungbrunnen auf dich. Du fühlst dich zehn Jahre jünger,
als du bist. Aber manchmal bist du dir selbst unheimlich."

„Wieso?" fragte der Professor.

„Weil du deine Frau, die du aufrichtig liebst, mit einer Eleganz
und Leichtigkeit belügst und betrügst, die du dir selbst nie zuge-
traut hättest."

„Das ist leider wahr", mußte der Professor zugeben.

„Wie lange soll das noch so weitergehen?"

Der Hochschullehrer seufzte. „Das frage ich mich fast jeden Tag.
Aber ich finde nicht die Kraft, dieses Verhältnis zu beenden. Ich
wollte, ich hätte sie."

„Ich werde dir die Kraft geben", versprach der mysteriöse Fremde

„Wie willst du das bewerkstelligen?"

„Das ist kein Problem für mich", war die Antwort. „Denn ich bin Gott."

Der Professor war sprachlos. „Ich glaube nicht an Gott", sagte er. „Ich bin Atheist."

Der Mann lächelte sanftmütig. „Ich weiß. Eben deshalb mußte ich dir in einem Traum erscheinen, nicht in deinem Alltagsleben. Ich möchte, daß du mir etwas versprichst."

„Was soll ich dir versprechen?"

„Daß du morgen das Verhältnis mit deiner Geliebten beendest."

Der Hochschullehrer senkte den Kopf und kämpfte eine Weile mit sich, bis er plötzlich das Gefühl bekam, daß dies genau das war, was er im Grunde wirklich wollte: diese Affäre, in die er fast gegen seinen Willen geraten war, zu beenden. Bevor er seine Achtung vor sich selbst gänzlich verlor.

„Ich verspreche es dir", sagte er.

Im nächsten Augenblick erwachte er. Es war dunkel im Schlafzimmer. Seine Frau, die neben ihm lag, atmete tief und gleichmäßig. Er legte seine Hand zärtlich auf ihre Schulter und spürte, wie sehr er sie liebte. Auch wenn er im letzten halben Jahr alles andere als ein guter Ehemann gewesen war.

Am nächsten Tag beendete er die Liaison mit seiner Geliebten. Als sie ihn nach dem ersten Schrecken nach dem Grund seiner Entscheidung fragte, erzählte er ihr von seinem Traum.

Sie lachte spöttisch. „Du glaubst doch gar nicht an Gott!"

„Seit diesem Traum bin ich mir nicht mehr so sicher", gestand er.

„Du willst mich also wegen eines Traums verlassen?" fragte sie und spürte, wie Enttäuschung, Schmerz und Wut in ihr aufstiegen.

„Nein", erwiderte er. „Wegen eines Versprechens. Ich habe nicht viele Prinzipien. Aber wenn ich ein Versprechen gebe, dann halte ich es."

DEN GLAUBEN BEWAHREN

„Wofür lohnt es sich zu leben?" fragte eine traurige junge Frau den Meister.

„Warum stellst du mir diese Frage?"

„Weil ich sie mir selbst stelle und keine Antwort finde. Mein Geliebter, dem ich voll und ganz vertraut habe, hat mich verlassen. Wegen einer Frau, die meine beste Freundin war. So wurde mein Herz gleich zweimal gebrochen. Ich weiß zur Zeit nicht, welchen Sinn mein Leben noch hat."

„Zur Zeit", sagte der Meister, „hat es wohl den Sinn, dich zu lehren, mit einer zweifachen großen Enttäuschung umzugehen. Wir alle werden enttäuscht. Und oft von den Menschen, denen wir am meisten vertraut haben."

„Ich weiß nicht, ob ich noch einmal an einen Menschen glauben kann", gestand die Frau mit kläglicher Stimme.

„Wer den Glauben an sich selbst bewahrt, verliert auch nicht den Glauben an die Menschen", sagte der Meister.

Die junge Frau ließ diese Worte auf sich wirken. Nach einer Weile hellte sich ihr Gesicht auf. Und sie sagte: „Ich danke dir, daß du mir neuen Lebensmut gegeben hast."

„Danke dir selbst", erwiderte der Meister. „Dafür, daß du in meinen Worten neuen Lebensmut gefunden hast."

SPÄTE ERKENNTNIS

Eine junge Frau hatte ein so blendendes Aussehen, daß sie die Männer um den kleinen Finger wickeln konnte, was sie auch nur zu gern tat. Sie benutzte ihre Schönheit wie ein Werkzeug, mit dem sie die Herzen ihrer Verehrer brach.

Keiner ihrer Bewunderer erkannte ihr wahres Wesen. Ihre außergewöhnliche Schönheit täuschte sie alle – mit Ausnahme eines jungen Mannes, der sich aus unerfindlichen Gründen nicht von ihr blenden ließ und sie durchschaute.

Sie spürte, daß er ihr wahres Wesen sah und mied ihn, hoffte aber auf eine Gelegenheit, ihn dafür zu bestrafen, daß er ihren Reizen nicht erlag.

Doch die Gelegenheit ließ auf sich warten. Und dieser junge Mann war wie ein spitzer Stein in ihrem Schuh und verdarb ihr die Freude an ihren Spielen.

Er war der einzige Mann, den sie nicht verachtete, weil er nicht auf sie hereinfiel wie alle anderen. Doch den Respekt für ihn mußte sie teuer bezahlen. Denn ihre Machtspiele bereiteten ihr keine rechte Freude mehr. Ein einziger Mann hatte genügt, um ihr den Spaß an all den Triumphen zu verderben, die sie früher so sehr genossen und ausgekostet hatte!

Und sie begann, den Mann zu hassen, der sie durchschaute. Doch als sie in einem lichten und mutigen Augenblick auf die Kulissen ihres Hasses blickte, sah sie hinter ihnen etwas durchschimmern, das sie noch nie in ihr gesehen hatte: Liebe.

Diese Entdeckung erschreckte sie zutiefst. Warum liebte sie ausgerechnet den Mann, den sie haßte? War es überhaupt möglich, einen Menschen gleichzeitig zu hassen und zu lieben? Hatte sie vielleicht den Verstand verloren? Sie blickte in ihre Seele und sah in einen finsteren Abgrund, der ihr so sehr angst machte, daß sie sich innerlich zitternd von ihm abwandte. Immer wieder fragte sie sich: Warum liebe ich ausgerechnet den Mann, den ich hasse? Doch sie konnte sich diese Frage nicht beantworten und nahm sich vor, diesen Mann so schnell wie möglich zu vergessen.

Um nicht Gefahr zu laufen, ihm zufällig auf der Straße zu begegnen, zog sie in eine andere Stadt. Doch es gelang ihr nicht, ihn zu vergessen, so sehr sie es auch versuchte.

Jahrzehnte später, als sich schon lange kein Mann mehr auf der Straße nach ihr umdrehte, bekam sie eine unheilbare Krankheit. Und sie starb in der bitteren Gewißheit, daß sie vor dem einzigen Mann, den sie in ihrem Leben geliebt hatte, geflüchtet war.

DER PFAU AUF DEM HÜHNERHOF

Eine Bäuerin brachte einen Pfau vom Markt mit zum Hof und sperrte ihn zu den Hühnern in ihr Gehege.

„Was für ein häßlicher Vogel! Was will der denn hier?" schimpften die Hühner und straften ihn mit Mißachtung. Der von diesen Worten sehr beleidigte Pfau schlug ein Rad, um seine Schönheit unter Beweis zu stellen. Doch die Hühner wandten sich einfach ab und pickten nach Körnern, als wäre die Federpracht des Pfaus nicht mal einen einzigen Blick wert. Mit der Zeit begann der Pfau an seiner Schönheit zu zweifeln. Als nach zwei Wochen kein einziges Huhn sich dazu herabgelassen hatte, mit ihm zu reden, wurde er von Tag zu Tag deprimierter. Und nach einem Monat dachte er, daß er wohl tatsächlich häßlich, ja so häßlich sei, daß nicht mal ein Huhn etwas mit ihm zu tun haben wollte.

Das stürzte ihn in eine so tiefe Bedrückung, daß er keine Freude mehr am Essen und am Trinken und am Leben hatte.

Ein paar Tage darauf starb er.

„So häßlich war er eigentlich gar nicht!" sagten die Hühner. „Wir hätten ruhig ein bißchen mit ihm reden können."

DAS PRINZIP DER FREIHEIT

Ein junger Mann, der lieber die allgegenwärtige Unsicherheit des Lebens akzeptierte, als sich in trügerischer Sicherheit zu wiegen, sagte zu seiner Freundin: „Ich stelle gerne alles in Frage, betrachte nichts als selbstverständlich und folge keinem Prinzip. Weil ich glaube, daß dies für mich die beste Art zu leben ist."

„Aber es gibt doch auch gute Prinzipien", wandte sie ein. „Zum Beispiel, andere Menschen so zu behandeln, wie man selbst gern von ihnen behandelt werden würde."

„Das ist ein gutes Prinzip", gab er zu. „Manche empfinden es sicherlich als hilfreich und wenden es in ihrem täglichen Leben an. Mir wäre es nicht echt genug."

„Inwiefern?"

„Echt ist für mich mein Verhalten nur dann, wenn ich es frei aus dem Augenblick heraus gestalte. Wenn ich auf die Fragen des Lebens in den Momenten antworte, in denen sie mir gestellt werden. Und ich vorher nicht weiß, wie diese Antwort ausfallen wird. Handele ich nach einem Prinzip, ist mein Handeln nicht mehr wirklich frei."

„Dann folgst du doch einem Prinzip: nämlich dem, möglichst frei zu handeln", wandte die Freundin ein.

„Da hast du recht", mußte der junge Mann zugeben.

VIII HÖRE IMMER
AUF DEINE INNERE STIMME,
WENN DU DEN WEG GEHST,
DER DICH ANS ZIEL
DEINER WÜNSCHE BRINGEN SOLL.

DIE EIGENE WAHRHEIT FINDEN

„Wieviel Sinn hat mein Leben?" fragte ein Mann den Meister.

„Soviel Sinn, wie du ihm zu verleihen vermagst."

„Wie verleihe ich ihm möglichst viel Sinn?"

„Indem du möglichst glücklich lebst."

„Und wie lebe ich möglichst glücklich?"

„Indem du deine wahren Bedürfnisse erkennst und sie befriedigst."

„Und wie erkenne ich meine wahren Bedürfnisse?"

„Indem du dich selbst mit der gleichen Hartnäckigkeit und Beharrlichkeit befragst, wie du mich befragst."

„Wie finde ich heraus, was mich glücklich macht?"

„Indem du dich erkennst. Indem du deine eigene Wahrheit findest. Jeder Mensch hat eine eigene Wahrheit, die sich von den Wahrheiten anderer Menschen unterscheidet. Es ist nicht leicht, sie zu finden, doch man muß sie entdecken, um sich selbst zu finden."

„Und wo soll ich nach ihr suchen?"

„In deiner Seele."

„Und wenn ich sie nicht finde?"

„Du wirst sie finden! So beharrlich, wie du bist."

„Erlaube mir noch eine letzte Frage: Gibt es eine gute Methode, die eigene Wahrheit zu finden?"

„Eine gute Methode ist: herauszufinden, was die eigene Wahrheit nicht ist. Auf dem Weg der Erkenntnis all dessen, was man nicht ist, findet man am Ende die eigene Wahrheit, das eigene Wesen, den eigenen Sinn. Niemand kann diesen Weg für dich gehen. Niemand kann dir deine Wahrheit erklären. Auch ich kann das nicht", sagte der Meister. „Ein großer Fehler, den viele Menschen auf ihrer Suche machen, ist, die Wahrheit anderer Menschen für ihre eigene zu halten und in die Fußspuren anderer zu treten, anstatt eigene zu erzeugen."

DIE WICHTIGKEIT DER TRÄUME

„Ist es richtig, Träume zu haben? Oder sollte ich lieber realistisch sein, als mich in Sehnsüchten und Hoffnungen zu verlieren?" fragte eine junge Frau den Meister.

„Du kannst dich in Sehnsüchten und Hoffnungen auch gewinnen", war seine Antwort. Als er ihr überraschtes Gesicht sah, erklärte er: „Unsere Träume, unsere Sehnsüchte und bunten Hoffnungen wollen ernst und wichtig genommen werden. Wer sie verdrängt, unterdrückt das Beste in sich, geht an den Bedürfnissen seiner Seele vorbei und wird ein hohler Mensch."

SUCHE NACH HEIMAT

Eine wohlhabende Frau, welche die Fünfzig schon überschritten hatte, wünschte sich so sehr, einen Ort auf der Welt zu finden, den sie aus ganzem Herzen lieben konnte. Den sie Heimat nennen konnte.

Sie war in ihrem Leben viel gereist, hatte viele Orte gesehen und sich auch in manche verliebt. Doch wenn der Reiz des Neuen vergangen war, und das geschah immer schon nach wenigen Wochen oder Monaten, verwandelte die Verliebtheit sich nicht in Liebe, sondern in Gewohnheit.

Wie kann ich nur einen Ort finden, den ich wirklich liebe, wo ich mich zu Hause fühle, dachte sie oft – und ahnte, daß sie eigentlich schon die Hoffnung aufgegeben hatte. Aber vielleicht war es ja auch richtig so. Vielleicht sollte es so sein, damit sie erkennen konnte, daß es auf der Welt keinen Ort gab, der ihre Heimat sein konnte.

Vielleicht, weil sie ihn an der falschen Stelle suchte?

Schlagartig wurde ihr bewußt, daß sie diesen Ort in der Welt ihrer Seele suchen mußte. Daß sie in ihrem Innersten den Platz finden mußte, der ihre wahre Heimat war. Und daß dann jedes Land, jede Stadt, jedes Dorf auf dieser Welt, zu dem sie reisen würde, ihre Heimat sein würde.

Weil sie die Heimat in sich trug.

Wahre Liebe fürchtet keine Grenzen

Eine junge Frau stand vor einer schwierigen Entscheidung und suchte den Rat ihres Vaters. „Seit ein paar Monaten liebe ich einen Mann. Manchmal glaubte ich, er sei die Liebe meines Lebens. Doch nun möchte ich mich von ihm trennen, obwohl ich nie wirklich mit ihm zusammen gewesen bin."

„Was ist denn überhaupt zwischen euch passiert?"

„Wir haben uns einmal stundenlang umarmt, in einem Hotelzimmer. In dieser Umarmung habe ich mich so warm, so geborgen, so echt und gut gefühlt wie nie zuvor in meinem Leben. Unsere Umarmung hat eine sanfte und sehr schöne seelische Harmonie in mir erweckt. Vielleicht sogar Liebe."

„Ging es diesem Mann auch so wie dir?"

„Ich glaube schon", sagte die Frau.

„Und warum ist nicht mehr zwischen euch geschehen?"

„Weil dieser Mann verheiratet ist, weil er in einer anderen Stadt wohnt und weil er doppelt so alt wie ich ist. Deshalb habe ich mich zurückgehalten. Weil ich befürchtet habe, daß unsere Liebe ohnehin zum Scheitern verurteilt war."

„Dann liebst du diesen Mann nicht wirklich", urteilte der Vater. „Wahre Liebe fürchtet keine Grenzen. Wahre Liebe geht durch die ödesten Wüsten, schwimmt durch die tiefsten Meere und erklimmt die höchsten Berge."

„Du hast einen poetischen Blick auf die Dinge", stellte die Tochter fest. „Deine Worte sind sehr schön. Aber man muß das Praktische sehen und realistisch sein. Und deshalb werde ich mich von ihm trennen. Ich habe nicht genug Kraft, durch eine Wüste zu gehen. Nicht genug Ausdauer, durch ein Meer zu schwimmen. Und nicht genug Mut, einen hohen Berg zu besteigen."

Ihr Vater schwieg eine Weile und sagte dann: „Weil deine Liebe nicht stark, zuversichtlich und geduldig genug ist. Sonst würde sie dir die Kraft, die Hoffnung und die Beharrlichkeit geben, die dir fehlen."

FRÜHE AHNUNGEN

Ein Schüler fragte den Meister: „Was ist das Geheimnis deiner Weisheit?"

„Da gibt es kein Geheimnis", antwortete der Meister. „Schon als Kind habe ich mich nach Weisheit gesehnt. Als junger Mann habe ich ihre Saatkörner schon gesucht, gefunden und in den Boden meiner Seele gepflanzt. Und nun, in meinen reifen Jahren, ernte ich ihre Früchte und teile sie mit anderen."

„Mich beeindruckt, daß du dich schon als Kind nach Weisheit gesehnt hast. Wie kam das?"

Der Meister antwortete: „Ich habe gesehen, wie schnell Freude zu Leid wird, wie ein Lachen sich in ein Weinen verwandelt. Ich habe gesehen, daß Menschen schwerkrank werden und sterben, daß sie einander manchmal belügen und betrügen. Das Leben erschien mir als ein großes Durcheinander, in dem ich nach dem richtigen Weg für mich suchte. Damals wußte ich noch nicht, daß dieser Weg die Weisheit war, aber gesucht habe ich ihn schon."

Der Schüler fragte: „Glaubst du, daß man schon als Kind spürt oder ahnt, was die eigene Bestimmung ist?"

„Ja, das glaube ich", sagte der Meister. „Jeder Mensch hat ein gewisses Thema, eine Bestimmung im Leben, ein besonderes Interesse, eine starke Neigung, und das zeigt sich schon in seinen frühen Jahren. Wenn die Menschen sich mehr nach den Gefühlen und Ahnungen ihrer Kindheit richten würden, gäbe es nicht soviele, die als Erwachsene ihr Lebensthema verfehlen und deshalb alles andere als glücklich sind. Die zum Beispiel den falschen Beruf ergreifen, der zwar ihre Taschen füllt, aber ihre Herzen leert."

Die Hilfe des Weisen

Eine junge, verängstigt wirkende Frau besuchte einen Weisen, der als Ratgeber sehr geschätzt wurde.

„Bitte hilf mir!" flehte sie ihn an. „Ich liebe einen Mann, der mich manchmal so schlecht behandelt, daß ich sehr darunter leide."

„Inwiefern?" fragte der Weise.

„Eigentlich hat er ein gutes Herz, doch manchmal ist es, als würde sich ein Dämon seiner bemächtigen. Dann schreit er mich an und beleidigt mich. Hinterher weint er immer, bittet mich um Verzeihung und verspricht mir, daß es nie wieder geschehen werde. Aber heute ist es wieder passiert. Und nun frage ich mich, ob ich mich nicht besser von ihm trenne. Auch wenn ich ihn trotz allem immer noch liebe. Soll ich ihm noch eine Chance geben? Oder soll ich ihn verlassen?"

„Diese Frage kann ich dir nicht beantworten", sagte der Weise. „Du bist selbst verantwortlich für das, was du anderen Menschen erlaubst, mit dir zu machen. Du öffnest die Tür deines Herzens, oder du verriegelst sie. Jeder

Rat, der nicht von deiner inneren Stimme kommt, wäre ein falscher Rat. Höre auf das, was sie dir sagt."

„Aber ich höre zwei innere Stimmen", erklärte die Frau mit gequälter Miene. „Die eine sagt mir, ich soll ihm noch eine allerletzte Chance geben. Die andere sagt mir, ich soll ihn auf der Stelle verlassen, und zwar für immer."

„Dann höre dir gut den Klang dieser beiden Stimmen an. Und halte dich an diejenige, die sanfter klingt, die gelassener und ruhiger ist als die andere. Dies ist die Stimme, der du dein Vertrauen schenken solltest."

VERSTAND UND EINGEBUNG

Ein Mann fragte den Meister: „Wem soll
ich bei wesentlichen Entscheidungen mehr
vertrauen, meiner Eingebung oder meinem
Verstand?"

Der Rat des Meisters kam ohne Zögern:
„Vertraue deiner Eingebung, nicht deinem
Verstand, wenn es um wesentliche Entscheidungen geht. Deine Eingebung ist deine innere
Führerin, die am besten weiß, was für dich
gut und schlecht ist, woran du festhalten und
was du aufgeben solltest. Ihre Stimme hörst du
nicht im Alltagslärm, denn sie ist von Natur
aus leise. Darum ziehe dich an einen stillen
Ort zurück, wenn du ihren Rat suchst. Und
zweifle nie an dem, was sie dir sagt, sonst zwei-
felst du an deiner eigenen Seele."

„Und wann soll ich meinen Verstand gebrauchen?" fragte der Besucher.

„Benutze deinen Verstand in den Dingen des
alltäglichen Lebens, aber lasse dich nie von
ihm benutzen. Er ist ein guter Diener, der
gern ein schlechter Meister sein möchte. Folge
seinen Ratschlägen in den Lebenslagen, die

er verstehen kann. Aber höre nicht auf ihn, wenn er sich in Bereiche einmischt, die ihm wesensfremd sind – Bereiche des Herzens und der Seele. Erwarte von ihm keine verläßlichen Antworten auf die tiefsten Fragen des Lebens. Er wird dir vorgaukeln, daß er den Weg weiß, aber er tappt im dunkeln und wird dich in die Irre führen."

WEISHEIT IST NICHT LEHRBAR

Zu einem Weisen kam ein reicher Mann, der fast alles in seinem Leben erreicht hatte, was man sich wünschen kann.

„Doch etwas fehlt mir", gestand er. „Weisheit. Ich wäre auch bereit, gut dafür zu zahlen."

Der Weise schmunzelte. „Behalte dein Geld, denn Weisheit ist nicht käuflich."

„Würdest du sie mir denn schenken?" fragte der Reiche.

„Ja, das würde ich gern, aber Weisheit ist auch nicht verschenkbar."

Der Besucher wirkte enttäuscht. „Dann kannst du sie mich vielleicht lehren?"

„Weisheit ist auch nicht lehrbar", sagte der Weise. „Sie ist nur erlernbar. Du mußt sie schon selbst gewinnen."

„Und wie?"

„Den ersten Schritt bist du ja schon gegangen. Du sehnst dich nach ihr. Laß diese Sehnsucht deine Führerin und dein Kompaß sein. Und dann begib dich auf den Weg ins Land deiner Seele. Dort wirst du, wenn du unbeirrt suchst, Weisheit finden!"

„Tiefe Weisheit?"

„Weisheit", war die Antwort, „die natürlich nur so tief sein kann, wie deine Seele es ist."

Eine Frage des Mutes

Der Meister wurde von einer jungen Frau aufgesucht, der auf den ersten Blick anzumerken war, daß sie ein Problem hatte. Doch anstatt es konkret zu benennen, fragte sie ganz allgemein: „Was ist der Unterschied zwischen Liebe und Verliebtheit?"

„Den wirst du beizeiten erkennen", erwiderte der Meister. „Und zwar dann, wenn du dir über den Mann, in den du verliebt bist, keinerlei Illusionen mehr machst. Wenn die Erfahrungen dir deine rosarote Brille von den Augen gerissen und die Zeit einige deiner Hoffnungen zu Wunschvorstellungen degradiert hat. Wenn du dich dann noch immer zu diesem Mann hingezogen fühlst und bei ihm bleiben willst, dann ist es Liebe. Wenn aber alle Fassaden gefallen, alle Illusionen verloren sind, und du dich von deinem Freund trennen willst, dann war es nur Verliebtheit. So einfach ist das."

Die junge Frau schien mit dieser Auskunft nicht ganz glücklich zu sein. „Ja, daß man hinterher immer klüger ist, das weiß ich selbst", sagte sie. „Aber gibt es keine Möglichkeit, vorher klüger zu sein?"

Der Meister schüttelte den Kopf. „Ob ein Mensch deine Liebe verdient, kannst du mit Sicherheit nur herausfinden, wenn du so mutig bist, sie ihm zu schenken."

IX IM GRUNDE SIND ES NICHT
SO SEHR UNSERE ERFAHRUNGEN,
DIE UNS ZU DEM MACHEN,
WAS WIR SIND, SONDERN DAS,
WAS WIR AUS IHNEN MACHEN.

SEINE KRÄFTE NICHT VERGEUDEN

„Die Menschen, die ich kenne, sind so unterschiedlich", sagte ein Besucher zum Meister. „Manche wirken gleichgültig, andere sind ängstlich. Manche sind so ernst, als hätten sie das Lachen verlernt, andere wirken so bedrückt, als würden sie das Gewicht der ganzen Welt auf ihren Schultern tragen. Manche erscheinen mir so hilflos, so mutlos, andere bringen mich mit ihren Lügen zur Verzweiflung. Wie kann ich ihnen allen nur gerecht werden?"

„Sei freundlich zu den Gleichgültigen, und du wirst sehen, daß deine Freundlichkeit sie ansteckt", riet ihm der Meister. „Sei herzlich zu den Ängstlichen, und du wirst merken, daß deine Herzlichkeit ihnen Mut macht. Gehe fröhlich mit den allzu Ernsten um, und du wirst feststellen, daß deine Fröhlichkeit sie aufheitert. Schenke den Bedrückten Zuversicht, und du wirst spüren, daß ihr Gemüt sich aufhellt. Hilf den Hilflosen, ermutige die Mutlosen und versuche, die Lügner zu verstehen, bevor du sie verurteilst."

Der Besucher nickte. „Ich will mein Bestes geben, aber ich frage mich, ob meine Kräfte ausreichen werden."

„Sie werden ausreichen, wenn du sie nicht vergeudest. Gib den Menschen nicht mehr, als sie verdienen. Sei geduldig, aber nicht zu denen, die deine Geduld nur ausnutzen. Sei großzügig, aber nicht zu denen, die deine Großzügigkeit mit Geiz erwidern. Offenbare deine Gefühle, aber nicht jenen, die bloß mit ihnen spielen. Gieße das Wasser deines Lebens nicht in Fässer ohne Boden. Gieße es auf die Erde, in der die Blumen des Herzens wachsen."

Weisheit muss man leben

„Die Stunden, die ich mit dir verbracht habe, gehören für mich zu den wertvollsten meines Lebens", sagte ein Schüler zum Meister. „Du warst für mich immer ein leuchtendes Vorbild, ein Licht in der Finsternis dieser Welt, du warst ein Helfer, wie ihn sich jeder Suchende wünscht. Du liebst die Weisheit nicht nur, du lebst sie auch. Wenn du auf die Erfahrungen und Einsichten deines Lebens zurückblickst, was erscheint dir als deine wertvollste, deine wichtigste Erkenntnis?"

„Du hast sie gerade benannt", erwiderte der Meister lächelnd. „Es genügt nicht, die Weisheit zu lieben, du mußt sie auch leben, sonst ist sie wie ein Saatkorn, das nicht in die Erde gelegt wird, sonst schläft sie in dir als bloße Möglichkeit und kann nicht zu ihrer Blüte erwachen. Du mußt leben, was du erkannt hast. Du mußt sein, was du verstanden hast. Laß deine Seele sprechen, wenn du redest und wenn du schweigst. Nur so kannst du dich zum Licht bewegen, nur so kannst du andere Menschen bewegen und ihnen helfen, ihr Leben seinem höchsten Sinn zu widmen."

Das vergessene Versprechen

Ein Schmetterling sagte zu einer Raupe: „Ich war einmal so wie du."

„Das glaube ich nicht", erwiderte die Raupe.

„Und du wirst einmal so sein wie ich", behauptete der Schmetterling.

„Das wäre schön, aber ich kann es mir überhaupt nicht vorstellen", entgegnete die Raupe.

„Und doch wird es so sein", stellte der Schmetterling fest. „Und wenn es soweit ist, erinnere dich an meine Worte!"

„Das werde ich tun", versprach die Raupe.

Doch als sie ein Schmetterling geworden war, hatte sie ihr Versprechen vergessen. Mehr noch, sie konnte sich nicht mehr daran erinnern, daß sie einmal eine Raupe gewesen war.

Und als sie eine Raupe sah, dachte sie: Was für ein armseliges Geschöpf! Kriecht stumpfsinnig herum und kann sich bestimmt nicht vorstellen, was für ein wunderbares Gefühl es ist, durch die Lüfte zu flattern! Lieber würde ich sterben, als ein so elendes Leben zu führen!

DAS GESICHT IM SPIEGEL

Ein erfahrener Richter verurteilte einen des Mordes angeklagten Mann, der sein Verbrechen nicht gestehen wollte und
immer aufs neue seine Unschuld beteuerte, zu einer lebensläng-
lichen Freiheitsstrafe. Denn die Indizien sprachen mit einer an
Sicherheit grenzenden Wahrscheinlichkeit für seine Schuld.
Es hieß zwar: im Zweifel für den Angeklagten. Die Zweifel
waren aber in diesem Fall so gering, daß der Richter den Mann
mit gutem Gewissen verurteilen konnte.
Dennoch ging ihm die Sache seltsamerweise den ganzen Tag
nicht aus dem Sinn, verfolgte ihn bis ins Bett, wo es ihm sehr
schwerfiel, Schlaf zu finden.
Mitten in der Nacht schreckte er aus einem Alptraum auf.
Einem Traum, in dem er verspottet wurde von dem triumphie-
renden Gelächter eines Mannes, dessen Gesicht er nicht sehen
konnte. Der im Dunkel stand. Und der ihm sagte: „Das hast
du gut gemacht! Du hast den falschen Mann verurteilt! Der
wahre Mörder bin ich! Aber Irren ist menschlich, nicht wahr,
Herr Richter?"
Und wieder lachte der Unbekannte voller Spott und Hohn.
Und sein Gelächter bohrte sich wie glühende Nadeln in den
Kopf des Richters.
Schweißgebadet erwachte er aus seinem Alptraum und fand
danach keinen Schlaf mehr.

Am liebsten hätte er seinen Urteilsspruch zurückgenommen. Denn er hatte das sichere Gefühl, daß dieser Traum mehr war als nur ein Traum. Daß sich ihm die Wahrheit auf diese Weise offenbart hatte. Doch ein einmal gefälltes Urteil ließ sich nicht mehr zurücknehmen.

Als er am Morgen seufzend und wie gerädert ins Badezimmer ging und sein Blick auf das übernächtigte, blasse Gesicht im Spiegel über dem Waschbecken fiel, erschien es ihm wie das Gesicht eines Schuldigen.

„Wo kämen wir hin, wenn ich mich bei der Urteilsfindung nach meinen Träumen richten würde?" murmelte der Richter, um sich zu beruhigen. Aber es gelang ihm nicht.

Und er hatte das ungute Gefühl, daß er die Unruhe und Ungewißheit, die ihn erfüllten, bis ans Ende seines Lebens ertragen mußte.

DER NUTZEN DES SCHARLATANS

Eine junge Frau, die sich nach spirituellen Einsichten sehnte, suchte ein Gespräch mit dem Meister und erklärte ihr Kommen damit, daß sein guter Ruf auch sie erreicht habe.

„Viele sind voll des Lobes über dich und preisen dich als einen Lichtmenschen, von dem man unendlich viel lernen kann. Ich bin zu dir gekommen, um mich mit eigenen Augen und Ohren davon zu überzeugen. Ich suche einen wirklich guten Meister. Denn schließlich kann ein Schüler nur so gut sein, wie es sein Lehrer ist."

„Oh nein", widersprach der Meister, „ein Schüler kann seinen Lehrer bei weitem übertreffen!"

„Wie soll das vor sich gehen?" fragte die Frau verblüfft.

„Nicht weit von hier versammelt ein Scharlatan viele Menschen mit spiritueller Sehnsucht um sich. Er kann sehr gut mit der Sprache umgehen und versteht es, wie alle Scharlatane, vortrefflich, die Suchenden zu blenden. Doch das Licht, das er zu senden vorgibt, ist kalte Finsternis. Und die Weisheit, die er zu leben vorgibt, ist angelesen und existiert nur in seinem Gedächtnis, nicht in seiner Seele. Er ist eine wandelnde Lüge, doch seine Schüler glauben an ihn und würden für ihn durchs Feuer gehen. Die Überzeugungskraft von Betrügern auf die Menschen ist bekanntlich groß. Nicht nur im spirituellen Bereich."

„Ich verstehe nicht, was du mir sagen willst", gestand die junge Frau.

„Ich habe es auch noch nicht gesagt", erklärte der Meister. „Bevor ein junger Mann den Weg zu mir fand, war er fast ein Jahr bei jenem Scharlatan gewesen. Bis er ihn schließlich durchschaute. Aber er hat vorher trotzdem viel von ihm gelernt. Viel Gutes!"

„Wie war das möglich?"

„Indem er die angelesenen Weisheiten des Blenders in sich aufnahm, wo sie keimten, wuchsen und wunderbar erblühten", erklärte der Meister. „Es waren sein reines Herz und seine gute Seele, welche die nur so dahingesagten Worte des Betrügers zu wesentlichen und bedeutenden Einsichten machten. Wenn das Herz rein, das Gemüt arglos und die Seele eines Schülers liebevoll sind, kann er sogar von einem Scharlatan Wertvolles und Wesentliches lernen."

DIE UNGEWOLLTE ANTWORT

„Wie stehst du zum Haß?" wurde der Meister von einer Besucherin gefragt.

„Der Haß ist ein Gefühl, auf das man sich nicht einlassen sollte", war seine Antwort. „Weil er dem Hassenden genauso schadet wie dem Gehaßten."

„Damit behauptest du, daß man Gefühle beherrschen kann, was ich nicht glaube."

„Man kann Einfluß auf sie nehmen", sagte der Meister. „Kann sie verändern, abschwächen, ihnen die Nahrung entziehen. Man kann sie austrocknen, ihnen die Kraft nehmen. Das nenne ich Beherrschung der Gefühle."

Die Besucherin suchte nach Worten. „Es gibt Gefühle, die so stark sind, daß man sie nicht beherrschen kann."

„Man kann es nur dann nicht, wenn man es nicht will", sagte der Meister. „Wenn du deinen Haß wirklich aufgeben willst, kannst du ihn auch aufgeben!"

Die Frau stand ruckartig auf und verließ den Meister mit schnellen Schritten, nicht ohne die Tür laut hinter sich zuzuschlagen.

„Nicht die Antwort, die sie gesucht hat", murmelte der Meister. „Aber die Antwort, die sie gebraucht hätte. Schade, daß sie sie nicht wollte."

DER GEFANGENE VOGEL

„Jeder Krieg ist sinnlos", sagte der Meister zu
einer Gruppe von Schülern.

„Aber warum haben dann alle Staaten der
Welt Armeen?" fragte einer.

„Um den Weltfrieden zu sichern", antwortete
ein anderer mit sarkastischem Tonfall.

Niemand lachte.

„Wenn man in der Sinnlosigkeit gefangen ist",
sagte der Meister, „erkennt man sie nicht als
solche. Der Vogel, der in einem Käfig geboren
wird und dort aufwächst, empfindet seine
Gefangenschaft nicht als solche."

DAS GESCHENK

Ein älterer Mann kam zum Meister und sagte: „Ich liebe meine gute Frau. Und sie liebt mich."

„Das ist wunderbar", sagte der Meister mit einem Lächeln. „Es ist ein großes Glück, einen guten Menschen zu lieben und von ihm geliebt zu werden. Bist du nur gekommen, um mir das zu sagen? Oder bedrückt dich irgend etwas?"

„Nun ja, manchmal bedrückt mich das Wissen, daß unser Glück vergänglich ist. Daß es eines Tages enden wird. Spätestens, wenn einer von uns beiden stirbt. Wenn ich daran denke, hoffe ich, derjenige zu sein, der zuerst stirbt. Doch dann sage ich mir wiederum, daß dies eine egoistische Hoffnung ist. Und daß ich, gerade weil ich meine Frau so sehr liebe, lieber hoffen sollte, nach ihr zu sterben. Denn derjenige, der übrigbleibt, hat das härtere Schicksal, trägt die schwerere Last. Und ich liebe meine Frau so sehr, daß ich bereit bin, die schwerere Last zu tragen."

Nach einer Weile des Schweigens sagte der

Meister: „Ich danke dir für dein Geschenk."

„Welches Geschenk?" fragte der Besucher
überrascht.

„Fast alle Menschen, die zu mir kommen,
suchen bewußt oder unbewußt meine Hilfe.
Und ich helfe jedem so gut, wie ich es eben
kann. Viele gehen von mir mit dem Empfinden, ein Geschenk erhalten zu haben. Wenn
du von mir gehst, werde ich das Gefühl
haben, beschenkt worden zu sein", erklärte
der Meister.

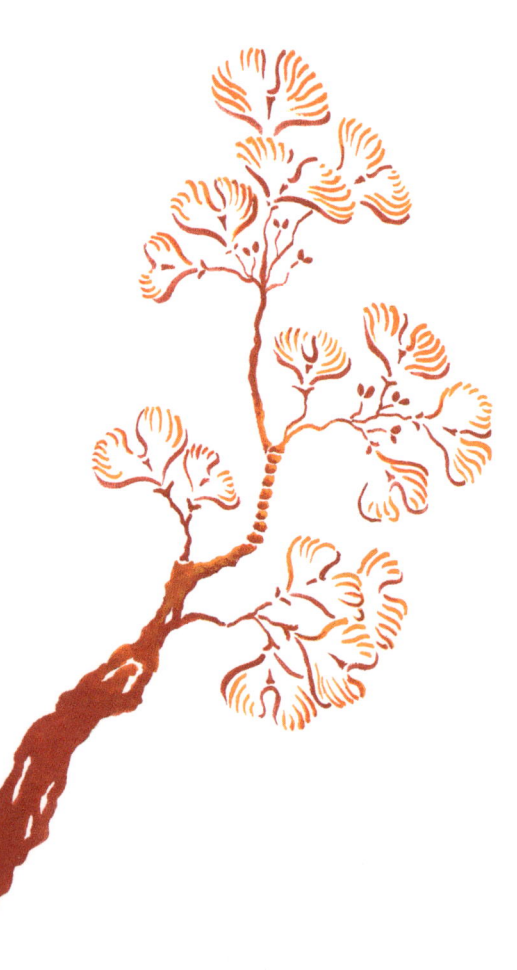

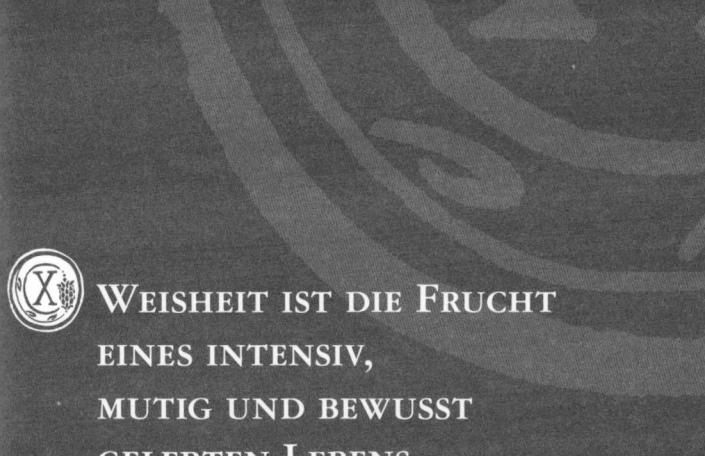

WEISHEIT IST DIE FRUCHT
EINES INTENSIV,
MUTIG UND BEWUSST
GELEBTEN LEBENS.

Die Wissbegier umlenken

Auf die Frage eines Suchenden, wie er zu einem Meister der Weisheit geworden sei, antwortete er: „Ich habe mich nie Meister genannt. Ich habe auch nie danach gestrebt, ein Meister zu werden. Letztlich bin ich nur der, der ich bin. Und sage nur, was ich denke und fühle."

„Doch was du sagst, zieht viele Menschen an – wie ein blühender Strauch die Bienen."

„Ich sage es aber nicht, um viele Menschen anzuziehen, sondern um wahrhaftig zu sein. Und ich sage nur das, was sich sagen läßt. Vieles kann man allein durch das Schweigen mitteilen, und auch nur einem weiten Herzen und einer offenen Seele."

„Und warum redest du mit den Menschen? Liebst du sie?" wurde er gefragt.

„Ich liebe sie nicht, aber ich achte sie. Und wenn ich ihnen helfen kann, dann helfe ich ihnen."

„Würdest du es nicht vorziehen, als Einsiedler zu leben und deine Ruhe zu haben, als dir von Suchenden und Neugierigen Löcher in den Bauch fragen zu lassen?"

„Wenn ich meine Ruhe haben will, dann nehme ich sie mir und verschließe meine Tür", sagte der Meister. „Dazu brauche ich nicht zum Eremiten zu werden. Was ich zu geben habe, gebe ich freiwillig und gern."

„Was ist das Wertvollste, das du zu geben hast?"

Der Meister lächelte. „Mein Schweigen."

„Und was ist das Wertvollste, das du mir sagen kannst?" fragte der Suchende.

„Daß du die Wißbegier, die du mir gegenüber an den Tag legst, dir selbst gegenüber aufbringen solltest", sagte der Meister.

Die wichtigste Erkenntnis

Ein älterer Mann ließ sich in einem Dorf nieder. Nachdem er ein paar Monate dort gelebt hatte, gab es niemanden mehr, der ihn nicht kannte und schätzte.

Bald nannten ihn alle Meister. Und das war wohl auch der treffendste Name, den man ihm geben konnte, da er das Leben auf einmalige Weise meisterte. Mit einer Souveränität, einer Eleganz und Leichtigkeit, die man nur bewundern konnte.

Er war den anderen Bewohnern des Dorfes in so mancher Hinsicht überlegen. Doch niemand verübelte ihm das, weil er seine Überlegenheit nicht ausnutzte oder mit Arroganz versalzte, sondern die Früchte seiner Lebenskunst immer gern mit anderen Menschen teilte.

„Wer einsam lebt, der lebt nur teilweise. Darum teile weise", war einer seiner Ratschläge, die er jedem gab, der sich an ihn wandte – mit einer Frage, einer Sorge, einem Problem. Seine Anwesenheit war für alle Leute ein Segen. Er war die gute und weise Seele des

Dorfes geworden. Und alle wünschten ihm
ein langes Leben.

Als er von dem Arzt des Dorfes, der sein
bester Freund geworden war, gefragt wurde:
„Wenn du die ganzen Erkenntnisse und Einsichten, die du in deinem Leben gewonnen
hast, mit einem Satz ausdrücken müßtest, wie
würde dieser lauten?"

„Laß nichts Böses in deinen Gedanken sein",
sagte der Meister. „Denn deine Gedanken
sind wie Saatkörner, aus denen die Früchte
deines Lebens wachsen."

KEIN WIDERSPRUCH

„Du wirkst immer so heiter, so fröhlich", sagte ein Besucher zu dem Meister. „Und das, obwohl du die Welt und die Menschen kennst. Kannst du mir diesen Widerspruch erklären?"

„Warum ist das ein Widerspruch?" war die Gegenfrage des Meisters.

„Weil der Lauf der Welt und die Taten der Menschen nun mal deprimierend sind", stellte der Besucher fest. „Auf mich zumindest wirken sie so, und ich bin nicht der einzige. Doch warum bist du es nicht?"

„Weil ich in der Welt lebe", erklärte der Meister, „aber die Welt nicht in mir leben lasse."

KEIN GRUND ZUM BEDAUERN

Zu einem für seine Weisheit bekannten Mann kam ein Suchender und bat ihn: „Bitte laß mich dein Schüler sein!"

„Wieso?" fragte der Weise.

„Weil ich gehört habe, daß du auf dem spirituellen Weg sehr weit gekommen bist und ich mir Hilfe von dir auf meinem eigenen Weg erhoffe."

„Von wem hast du dies gehört?"

„Von mehreren Personen, die mir vertrauenswürdig erscheinen."

Der Weise schwieg eine Weile und fragte dann: „Und wenn diese Personen nun nicht vertrauenswürdig sind?"

Diese Frage irritierte den Suchenden.

„An deiner Stelle würde ich mir ein eigenes Urteil bilden", fuhr der Weise fort, „aber damit würdest du allerdings nur deine Zeit vergeuden."

„Wieso?" fragte der Suchende verblüfft.

„Weil ich keinen Schüler haben will."

„Es heißt", sagte der Suchende, „daß ein hohes Maß spiritueller Reife immer mit Hilfsbereitschaft verbunden ist."

„Wenn dem so ist", erwiderte der Weise, „habe ich offenbar kein hohes Maß spiritueller Reife erlangt. Und du hast keinen Grund zu bedauern, daß ich keine Schüler haben will."

KEINE WORTE

Ein junger Mann fragte den Meister: „Wie kann ich die höchste Erkenntnis finden, die meinen Geist gelassen, mein Herz froh und meine Seele glücklich macht?"

„Indem du sie nicht suchst", sagte der Weise. „Und indem du verlernst."

Der Schüler runzelte die Stirn. „Ich dachte, ich komme zu dir, um etwas zu lernen. Nicht, um etwas zu verlernen."

„Oft steht das Verlernen vor dem eigentlichen Lernen", erwiderte der Meister. „Würdest du versuchen, ein Haus auf dem Wasser zu bauen?"

„Natürlich nicht", sagte der Mann.

„So manches, was du in deinem Leben gelernt hast, ist wie das Wasser, auf dem du nicht das Haus der Glückseligkeit bauen würdest. Du mußt innerlich wieder wie ein Kind werden, das die Welt und das Leben völlig neu entdeckt. Wirf deine Denkgewohnheiten von dir ab. Befreie dich von allem, was du zu wissen glaubst. Mache dich zu einem unbeschriebenen Blatt. Dann komm wieder zu mir zurück. Und ich werde dir helfen."

„Welche Worte wirst du dann auf dieses unbeschriebene Blatt schreiben?" fragte der Mann.

„Keine", sagte der Meister. „Aber ich werde dir einen Stift schenken."

EINE UNÜBERLEGTE ANTWORT

Eine kluge Frau kam zum Meister, bedankte sich dafür, daß er sie empfing, und sagte zu ihm: „Ich habe nur eine Frage an dich. Eine einzige. Deshalb überlege dir deine Antwort gut!"

„Ich überlege mir meine Antworten überhaupt nicht. Niemals", erklärte der Meister.

„Wieso?" fragte die Frau verwundert.

„Meine Antworten kommen aus meiner Seele. Und meine Seele überlegt nicht, was sie antwortet. Wie ein Schmetterling nicht überlegt, wohin er fliegt."

„Wie auch immer", sagte die Besucherin. „Meine Frage lautet: Wenn ich einen einzigen Wunsch frei hätte, was sollte ich mir wünschen?"

„Wunschlosigkeit", sagte der Meister.

DER TOD ALS FREUND

„Woran erkennt man einen guten Tod?" fragte eine alte Frau den Meister.

Der Meister stellte ihr eine Gegenfrage: „Woran erkennt man eine gute Trennung zweier Menschen, die sich einmal geliebt haben?"

„Daran, daß sie sich freundlich und wohlwollend voneinander verabschieden?" fragte die Frau.

„Eine gute Trennung", sagte der Meister, „erkennt man daran, daß sie nicht mehr wehtut. Und daran erkennt man auch einen guten Tod. Ein Mensch, der gut stirbt, hat sich in gewisser Weise schon vor seinem Tod vom Leben verabschiedet. Er hat sein Leben genossen, er hat es geliebt – und genießt und liebt es bis zu seinem letzten Atemzug. Doch wenn er ahnt oder spürt, daß es mit ihm bald zu Ende gehen wird, dann läßt er los. Er sagt sich: Diesen Körper, den ich bald verliere, habe ich nie besessen. Er war mir nur geliehen. Ich bin mit ihm durch die Jahre und Jahrzehnte gereist. Nun habe ich genug gesehen und gehört, erlebt und gefühlt. Dankbar bin ich für alles Schöne und Gute, das ich erfahren habe. Dankbar bin ich auch für die schwierigen Zeiten, denn sie haben mich den hohen Wert der leichten Zeiten zu schätzen gelehrt."

„Ein guter Tod", sagte die Frau, „ist also einer, auf den der Sterbende sich innerlich gut vorbereitet hat?"

Der Meister nickte. „Wenn der Tod an deine Tür klopft und du ihm gelassen sagen kannst, er solle ruhig eintreten, er könne deinen Körper haben, weil er dir lange genug gedient hat, dann hast du dich gut vorbereitet. Wenn du den Tod nicht als einen Feind, sondern wie einen Freund betrachtest, der deiner Seele die Last eines alten Körpers von den Schultern nimmt, hast du die richtige Einstellung zum Sterben. Dann erlebst du einen guten Tod."

Nicht zum Heiligen berufen

„Nenne mich nicht immer Meister", sagte der Meister zu einem Besucher. „Ich mag diesen Namen nicht. Von einem Meister erwartet man, daß er in allen Situationen meisterlich lebt. Dazu bin ich nicht in der Lage. Ich verrate manchmal meine Einsichten durch mein Handeln. Aber ich gebe sie trotzdem an dich weiter, weil es dir vielleicht besser als mir gelingt, eine zuverlässige Einheit zwischen diesen Erkenntnissen und deinem Verhalten herzustellen."

Sein Schüler wirkte sehr enttäuscht. „Du gibst also zu, daß du manchmal deine eigenen Ratschläge nicht befolgst?"

„Ich gebe es nicht nur zu, ich bin sogar froh darüber. Die Vorstellung von einem Leben in perfektem Einklang zwischen Erkenntnis und Handlungsweise beängstigt mich. Ich bin nicht zum Heiligen berufen. Ich fühle mich als Mensch ganz wohl. Und Menschen sind nun mal fehlerhaft und widersprüchlich."

AM ENDE DER LEHRE

Eine hübsche und kluge junge Frau suchte einen für seine Weisheit bekannten Mann auf und fragte ihn: „Was ist das Beste, das du mich lehren kannst?"

„Warum bist du zu mir gekommen?" fragte der Weise zurück.

„Weil du den Ruf hast, große Weisheit erlangt zu haben und ein gelassenes, friedliches und glückliches Leben zu führen."

„Das ist mein Ruf", sagte der Weise. „Doch wer bin ich?"

Die junge Frau sah ihn eine Weile an und überlegte sich ihre Antwort gut, weil sie sich keine Sympathien verscherzen wollte.

„Du bist kein junger Mann mehr", sagte sie schließlich, „aber du hast die Ausstrahlung eines jungen Mannes. Du bist voller Lebenserfahrung, aber deine Augen sind so klar wie die eines Kindes. Du hast gelernt, daß manchen Menschen nicht zu trauen ist, doch du schaust mich mit einer Miene an, aus der Vertrauen spricht."

„Du hast dich selbst schon viel gelehrt", stellte der Weise fest. „Das Beste, was ich dich lehren kann, ist dir zu helfen, wie du dich noch mehr lehren kannst."

„Und was wird am Ende dieser Lehre stehen?" fragte die Frau.

„Am Ende dieser Lehre wird ein Punkt stehen, kein Fragezeichen", sagte der Weise. „Und du selbst wirst dort stehen. Mit einem Blick, der in der Unvollkommenheit des Lebens Vollkommenheit erkannt hat."

VERZEICHNIS DER TEXTE

Die Illustratorin

Anne Mußenbrock, geboren 1964, lebt mit ihrer Familie in Freckenhorst vor den Toren Münsters. Sie studierte Buchillustration bei Reinhard Herrmann an der Fachhochschule für Grafikdesign in Münster. Seitdem hat sie sich als selbständige Illustratorin mit zahlreichen Kinderbüchern, seit 2005 auch im Bereich Geschenkbuch, einen Namen gemacht.

DER AUTOR

Hans Kruppa ist einer der meistgelesenen deutschen Dichter, Aphoristiker und Märchenautoren.
Er lebt als freier Schriftsteller in Bremen. Seine Gedichte und Märchen, Erzählungen und Romane, Aphorismen und Kurzgeschichten hat er in mehr als hundert Büchern veröffentlicht, von denen einige in andere Sprachen übersetzt wurden.
Für sein schriftstellerisches Werk wurde Hans Kruppa mit dem New Yorker Otto-Mainzer-Preis ausgezeichnet.

„Er vermittelt durch seine Arbeiten Hoffnung, Lebensbewältigung, Kraft. Und das macht ihn so wichtig." (Passauer Neue Presse)

„Der Leser begleitet Hans Kruppa gern im Höhenflug oder auch Tiefgang der Stimmungen und Gefühle. Bisweilen entdeckt er dabei sich selbst." (Braunschweiger Zeitung)

Mehr Informationen: www.hans-kruppa.de

VON HANS KRUPPA SIND IM
COPPENRATH VERLAG
AUSSERDEM ERSCHIENEN:

Ein bißchen Glück für jeden Tag
ISBN 978-3-8157-7930-9

Das Leben hat täglich Geburtstag
ISBN 978-3-8157-9281-0

Du schenkst mir so viel Glück
ISBN 978-3-8157-9557-6

Das Glück ist immer nah
ISBN 978-3-8157-9720-4

Du bist ein Geschenk für mich
ISBN 978-3-8157-9899-7

Nur tote Fische schwimmen mit dem Strom
ISBN 978-3-8157-5338-5

Schenk dem Tag ein Lächeln
ISBN 978-3-649-60148-7